COLECCIÓN DE POEMARIOS

PAPEL

ENTRE

VERSOS, RIMAS Y

POESIAS

ROBERT MAXIMILIAM

2019

COLECCIÓN DE POEMARIOS

2019

«ENTRE VERSOS, RIMAS Y POESÍAS»

ISBN 978-1-988475-91-2

INTRODUCCION

Esta colección de poemarios, escritos en el año 2019, titulado: «Entre versos, rimas y poesías». Busco dejar plasmado todos los poemas, canciones y rimas escritas durante este año. Es una recopilación de versos que en muchas ocasiones terminaron siendo canciones, palabras del alma que, en un momento de mi vida, fueron huellas sagradas en lo íntimo de mi corazón.

Robert Maximiliam

COLECCIÓN DE POEMARIOS 2019

«ENTRE VERSOS, RIMAS Y POESÍAS»

POEMARIO I

«EN EL AMPARO DE TU AMOR»

«Es hermoso sentirse amado, querido y respetado. Ser, acogido en lo más íntimo de tu existir. Estar, bajo el amparo de un gran amor. Todos, necesitamos vivir bajo el manto sagrado de un sentimiento eterno. Un sentimiento puro y perfecto que nos brinde, el universo de la felicidad. En el amparo de tu amor manifiesta esa bendición de sentirse amado por alguien correspondido»

Robert Maximiliam

POEMARIO

I-   EN EL AMPARO DE TU AMOR

1- AL HACER EL AMOR

Robert Maximiliam

Cuando hacemos el amor

En tus brazos, me vuelvo, un niño;

Refugiándome en tu cariño;

Soy primavera, por vez primera;

Soy gorrión, navegando en tu ilusión.

Cuando hacemos el amor

En tu cuerpo, yo encuentro un puerto;

No soy desierto, soy firmamento.

Soy estrella matinal, soy poema en alta mar.

Soy el verbo, en libertad.

AL HACER EL AMOR

TÚ Y YO, SOMOS DULCE COMUNIÓN

AL HACER EL AMOR

TÚ Y YO, SOMOS VERBO DEL AMOR.

TÚ Y YO, SOMOS, UN SOLO SER.

AL HACER ELAMOR

TÚ Y YO, NAVEGAMOS A PLACER

AL HACER EL AMOR

TÚ Y YO, CONQUISTAMOS LA PASIÓN

AL HACER EL AMOR

TÚ Y YO, SOMOS, UNA SOLA ILUSIÓN.

TÚ Y YO, SOMOS, UN SOLO SER.

AL HACER ELAMOR

TÚ Y YO, NAVEGAMOS A PLACER.

Cuando hacemos el amor

El tiempo, se vuelve eterno;

El silencio se hace pleno.

La pasión se vuelve, verso,

El amor, libertad.

AL HACER EL AMOR

TÚ Y YO, SOMOS VERBO

AL HACER EL AMOR

TÚ Y YO, SOMOS ETERNOS.

CUANDO HACEMOS EL AMOR,

EL TIEMPO SE NOS VA.

2- AMAR CON TODO

Robert Maximiliam

Amar con toda mi alma,
Entregar entero el corazón.
Amar por toda la vida,
Sin límites ni condición.

Amar con todo tu cuerpo,
Entregar completa tu ilusión.
Amar sin poner medidas,
Ofrecer espíritu y razón.

CON TODO, SIN LÍMITES
OFRECIÉNDOTE POR AMOR.
CON TODO, PARA SIEMPRE,
EN UN MILAGRO DEL AMOR.

Amar desafiando al mundo
Sin miedo y con valor;
Amar dejando el alma
Poniendo, vida y corazón.

CON TODO, SIN MIEDO,
SIMPLEMENTE, POR AMOR.
CON TODO, CONTRA TODOS,
SOLAMENTE, POR AMOR.

3- ASI ESTOY YO

Robert Maximiliam

Como un suspiro que me sale del corazón,
Alegre y vivo, rogando por tu amor.
Como un imán en el fondo de mi alma
Aferrado y fuerte, a tu amor.

ASÍ ESTOY YO
SUSPIRANDO POR TU AMOR
ASÍ ESTOY YO
AFERRADO A TU AMOR.

Como una historia importante y trascendente,
Esperando su desenlace final.
Como un bolero en la sombra de un farol,
Sonando en el saxo de mi voz.

ASÍ ESTOY YO
ESPERANDO POR TU AMOR
ASÍ ESTOY YO
SONANDO POR TU AMOR.

Como una guitarra colgando en la pared,
Deseando unas manos para volar.
Como una cigarra en un verano sin final,
Ofreciendo su mejor canción de amor.

ASÍ ESTOY YO
COLGADO DE TU AMOR
ASÍ ESTOY YO
CANTANDO POR TU AMOR

4- CADA VEZ QUE ME MIRAS

Robert Maximiliam

Cada vez que tú me miras,

Tu mirada me ensaliva, la ilusión.

Cada vez que tú me miras,

Con los ojos, embruteces, mi razón.

Y EL CORAZÓN

SE ME VUELVE, UN HURACÁN.

QUE ARRASA TODOS, LOS MOTIVOS.

QUE, TIRA TODO, LO, PROHIBIDO.

QUE INUNDA… MI VERDAD.

Y EL CORAZÓN

SE ME VUELVE, UNA PASIÓN.

QUE ENCIENDE, TODO, MI EXISTIR.

QUE PULVERIZA, MI NOCIÓN.

QUE IGNOTIZA… MI VIVIR.

5- CONTANDO LOS MINUTOS

Robert Maximiliam

Cuento los segundos para alcanzarte,
Cuento los minutos para abrazarte,
Paro el tiempo, en mi deseo,
Quiero estar contigo.

Paro la distancia, *a quema ropa*,
Paro la fragancia que deja tu ropa,
Para todo, es mi deseo,
Quiero, estar contigo.

**Y AQUÍ ESTOY
CONTANDO, LOS MINUTOS;
DESHOJANDO PRIMAVERAS,
EN EL RELOJ DEL TIEMPO.**

**Y AQUÍ ESTOY
CONTANDO, LOS SEGUNDOS;
MATANDO, DUDAS LOCAS,
EN LA ESQUINA DEL CALLAR.**

**Y AQUÍ ESTOY
SOLO, CONTRA EL TIEMPO;
PELEANDO REALIDADES,
EN VERSOS DEL AYER.**

Cuento los segundos para verte aparecer,
Cuento los minutos para hablarte y comprender;
Paro el tiempo, en mi deseo,
Quiero estar contigo.

6- CUANDO LLEGASTE TÚ

Robert Maximiliam

Me perdía en lo activo de mi desolación.

Me hundía en el abismo de mi desesperación.

Caminaba en el límite de lo que es, prohibido.

Respiraba lo que es, sagrado; del elixir escondido.

Y me escondía, dulcemente, en la rutina.

Y me encontré navegando en el mar de mi pena.

CUANDO LLEGASTE TÚ.

COMO FARO, EN PLENA OSCURIDAD.

CUANDO LLEGASTE TÚ.

COMO LUZ, MOSTRÁNDOME EL CAMINO.

COMO VOZ, CALLANDO MI ANSIEDAD.

CUANDO LLEGASTE TÚ.

COMO ESPADA, CORTANDO MIS CADENAS.

CUANDO LLEGASTE TÚ.

COMO AMADA, EN NOCHE DE CONDENA.

COMO OASIS, OFRECIÉNDOME SALVACIÓN.

7- DESEOS ESCONDIDOS

Robert Maximiliam

Ella tiene un deseo escondido
Bajo su almohada y en un rincón de su corazón.
Ella tiene un deseo, callado.
Entre el silencio y el olvido, sin explicación.
Es un deseo, oculto que murmura su ansiedad.
Es un deseo, bueno que desea, sólo, ser verdad.
Su mirada se pierde, sin un ¿por qué?
Un suspiro, traiciona, su ¿no sé qué?
Y su sonrisa, se vuelve, un ¡puede ser!

Nació de pronto, en el silencio.
Nació sublime, entre dos, tiempos.
Y se volvió, un juguetón.
Es un deseo, sin explicación.
Es un querer, en una canción.
Es una historia, sin principio, ni final complicación.

Pero ahí, está: Insurgente, provocador.
Pero ahí, está: indulgente y soñador.
Tan vivo, tan vivo… Como el verbo amor.
Pero ahí, está: Independiente y retador.
Pero ahí, está: elocuente y enloquecedor.
Tan vivo, tan vivo… que se niega a renunciar.

SON, DESEOS, ESCONDIDOS.
QUE SE GUARDAN, SIN EXPLICACIÓN.
SON, DESEOS, ESCONDIDOS.
QUE APARECEN, COMO ESTA CANCIÓN.

8- DIME QUE SI

Robert Maximiliam

Abre tu alma, **da**me tus besos
Y **di**me que **sí**;
Qué, **sí** me quieres; qué, **sí** me **am**as
Y qu**e**, me ent**r**egas, **e**l cora**zón**.

Abre tus brazos, dame el regazo
Y dime que sí;
Qué, sí me quieres; qué, sí me sigues
Y que, me ofreces, el corazón.

SI ME DICES QUE SÍ
TE BAJO LA LUNA
TE LLEVO HASTA EL CIELO
Y TE FIRMO, MI AMOR.

SI ME DICES QUE SÍ
TE ENTREGO MI ALMA,
MIS DIAS, MIS NOCHES
Y MI CORAZÓN.

SI ME DICES QUE SÍ
PROMETO AMARTE,
PROMETO QUERERTE
Y, SIEMPRE, SER FIEL.

Abre tus ojos, **da**me tu antojo
Y **di**me que **sí**;
Qué, **sí** me quieres; qué, **sí** me **am**as
Y qu**e**, me ent**r**egas, **e**l cora**zón**.

9- EL DESEO

Robert Maximiliam

Cada vez que te veo, me nace el deseo

De robarte un beso;

De partirme en pedazos y en un abrazo,

Volverme deseo.

Cada vez que te pienso, me vuelvo silencio

Sin darme cuenta;

Y entre cuatro palabras, una guitarra me ladra,

Mariposas en flor.

Y me vuelvo, mirada

Que renace en mi alma;

Y te vuelves, morada

Que acoge mi almohada.

Y me vuelvo, una llama

Que inunda tu cama

Y me vuelvo, esa calma

Contemplando tu ventana.

Cada vez que respiro, me vuelvo, el delirio

De tu presencia;

Y me embarco en el río que hace el rocío

De tu fragancia.

Cada vez que te espero, poco a poco, me muero

En tu ausencia;

Y me quedo varado, musitando el pasado,

Que se vuelve pesado.

Y me vuelvo cerezo que florece en tu cuerpo;

Y amanezco despierto deshojando recuerdos;

Y te ofrezco una liana, por si acaso…me llamas.

Y abrazo el deseo que me aferra a tu tiempo.

10- EL DESNUDO DE AYER

Robert Maximiliam

No entiendo las cosas de mis mariposas

Volando al revés;

Ni los ratos de luna fumando aceitunas

Para volver a nacer.

¿Qué me dirán?

¿Qué preguntarán?

Los silentes del tiempo reclamando perdón.

¿Qué les diré?

¿Qué excusas diré?

Mi memoria afectiva en el silencio, activaré.

Y me vuelvo, un vacío cada vez que hace frío

Musitando un tal vez;

Una espada sin nada se clava en la lava

Del volcán de otra vez.

¿Qué, callaré?

¿Qué, olvidaré?

Hoy me encuentro en un nudo

Del desnudo del ayer.

11- EL PRIMER BESO

Robert Maximiliam

Era, la primera vez que robaba un beso
Y entre sus labios, musitó el eco del silencio;
Y en sus ojos se dibujó la voz del firmamento.

Era, la primera vez que ofrecía un beso
Y sin miedo se entregó al verso del momento;
Y al tiempo abrió, las alas del sentimiento.

El tiempo, congeló sus pisadas
Y en el silencio el verso hizo morada.
Y en el silencio el verso hizo morada.
La luna que en la ventana
Vigilaba, era cómplice de aquel beso.

Era, la primera vez que pedía un beso
Y como, un rezo, entregó su anhelo;
Se dejó bañar por el rocío del deseo.

Era, la primera que le pedían, un beso.
Y como ofrenda del amor, se ofreció al silencio;
Y al gorrión le concedió, la «gracia» de un recuerdo.

12- ELLA BAILA DENTRO DE MÍ

Robert Maximiliam

¡Ella, baila!

Ella, baila en mi silencio;

Como bella, bailarina;

Como estrella, sin rutina.

Ella, baila, baila, dentro de mí ser.

¡Ella, baila!

Ella, baila en mi memoria,

Como ola, en mi playa;

Como hola, que no calla

Ella, baila, baila, dentro de mí ser.

¡BAILA!

Y NO DEJES DE BAILAR.

DILE QUE, BAILE,

QUE, BAILE, SIN PARAR.

QUE, NO SE CANSE,

QUE, ME ALCANCE,

QUE, PONGA, RITMO A MI CAMINAR.

QUE, SE MUEVA.

QUE, SE ATREVA.

QUE, NO HAGA, TREGUA EN SU ¡BAM, BAM!

DILE QUE, BAILE,

QUE BAILE, SIEMPRE, EN MI EXISTIR.

BAILA, BAILA, BAILA

Y NO TE CANSES DE BAILAR,

DENTRO DE MÍ.

13- ELLA Y EL MAR

Robert Maximiliam

Su mirar, se pierde en el mar
Buscando anidar, un silencio de amor.
Su callar, musita al volar
Navega en la paz, de un beso fugaz.
Sus pies, dibujan, quizás,
Poemas de arena que las olas se llevan.
Sin preguntar

¿Cuándo volverá?
Preguntan, las olas;
Hace tiempo ya, dejó el hogar.
Es tiempo de retornar.
¿Se recordará?
Murmura, el silencio,
Del amor aquel que, un día, prometió.
Aún, vivirá.
Las preguntas, sin respuestas,
Llegan y se van; como, las olas.
El mar en su inmensidad
Las cobijará.

Un llorar, se descubre en la nada
Y el verbo del tiempo
Se hace eterno en el viento.
Un suspiro, alimenta el motivo
Aparece aquel brillo
Y renace al amor.

14- EN EL AMPARO DE TU AMOR

Robert Maximiliam

Bajo tu amparo, me quedo en lo claro;
Me dejo querer, soy tu admirador.
Bajo tu sombra, me encuentro en la alfombra;
Me colmas de paz, el corazón.

**ERES, EL REFUGIO DE MI VIDA.
ERES. EL RESGUARDO EN MI CAMINO,
EN MI DESTINO, ILUSION.**

**ERES, LA POSADA AÑORADA Y DESEADA.
LA MORADA DE MI ALMOHADA
Y EN LA NADA,
LA POMADA DE MI CORAZON.**

**EN EL AMPARO DE TU AMOR
QUIERO SER, ETERNO.
QUIERO SER, REAL.
QUIERO SER, VERDAD.**

Bajo tu amparo, me quedo en callado;
Me dejo querer, soy tuyo Señor.
Bajo tu sombra, me entrego sin nombre;
Soy ciego y me entrego de corazón.

15- EN LA AUSENCIA DE TU AMOR

Robert Maximiliam

Muchas veces me digo
Que en tu ausencia
Me vuelvo, un mendigo de amor.
Y por mucho que busque
No encuentro un abrigo
Que calme mis ganas de ti.

Y se abre un abismo
Que es como un sismo
Que revoluciona mi ser;
Y vuelvo a nacer,
En el mismo capricho
Que pone entredicho mi corazón.

¿Cuándo vendrás?
A saciar esta sed de amar.
¿Será que vendrás?
Necesito saber para seguir
Esperando… Una nueva oportunidad.

Muchas veces me digo
Que es un castigo
Este vacío de ti.
Porque, aunque, me esmere
No es lo que quiere
Escuchar mi necesidad
¡Quiero vivir! Contigo o seguir.

POEMARIO II

« EN NOMBRE DEL AMOR»

« En nombre del amor ofrecemos las mil maravillas que nuestro corazón es capaz de hacer. En nombre del amor cantamos versos en rimas que salen directo del alma; pintamos arcoíris con colores inventados; armamos cuentos que, solamente, nosotros nos entendemos; callamos besos que se vuelves rezos surcando el universo de un amor. En nombre del amor nos sentimos parte del amor ».

Robert Maximiliam

POEMARIO

II-«EN NOMBRE DEL AMOR»

1- EN MIS AÑOS MOZOS

Robert MAXIMILIAM

En mis años mozos.

El tiempo se esfumaba con el viento.

El verso se adornaba del silencio

Y mi voz, carecía de sentimiento.

En mis años mozos.

Descubrí, la gloria de un beso,

La memoria de un fracaso

Y en el filo de un flechazo, me dormí.

En mis años mozos.

Seguía poemas con diademas,

Rondaba lunas en otoños,

Mirando, sirenas, a través de mi ventana.

En esos años de ensueño,

Recordados, por ser desbocados,

Anidaba, mis locuras, enlazadas con mi almohada.

Detestaba el silencio,

Admiraba al violento,

Y buscaba, las estrellas para ser como ellas.

En mis años primorosos,

Fui un tunante, un buen mozo;

Capitán de una aventura que, jamás, tuvo cintura.

Fui final, sin ser principio;

Arrogante, en la nada que, acabo, siendo tonada.

En mis años mozos.

Fui un, valiente, caballero que, peco, por ser ligero;

Fui, suspiro, caprichoso atorado un jilguero.

En mis años mozos.

Colgué pecados, a cada lado; dejé, olvidado, los llamados

Y me olvidé de perdonar, siendo pecado.

2- EN NOMBRE DEL AMOR

Robert MAXIMILIAM

¡En nombre del Amor!

Yo, te pido: amor.

Que seamos amor,

Un, solo amor.

¡En nombre del Amor!

Yo te pido: paz.

Que, seamos, más:

Buscando, la paz.

Au nom de l'amour!

S'il vous plaît: amour.

Soyons, l'amour;

Un petit peu, d'amour.

Au nom de l'amour!

Soyons, le soleil

Dans, l'obscurité

Pour l'humanité.

In the name of love

Stop the war,

Stop the figth,

And work, for the love.

In the name of love

Give me one chance

For to see

The children of my children.

JUNTOS, PODEMOS SER MÁS;

PODEMOS SER PAZ,

SI PONEMOS, AMOR.

ENSEMBLE, TOI ET MOI,

FERONS DIFFERENCE,

S'Y METTONS DE L'AMOUR.

TOGETHER, WE ARE MORE,

WE ARE PEACE,

WE ARE LOVE.

3- EN UN RINCÓN DEL ALMA
Robert MAXIMILIAM

¡En un rincón del alma!

Tengo, escondido, el primer beso que te robé.

Tengo encendida, aquella vela que nos iluminó;

Tengo recuerdos que son, suspiros de nuestro amor.

¡En un rincón del alma!

Tengo, guardado, ese llamado del corazón.

Tengo, marcado, como sagrado, tu soñar.

Tengo recuerdos que son, suspiros de nuestro amor.

EN ESE RINCÓN,

GUARDO TUS BESOS;

LOS DULCES MOMENTOS,

Y EL ECO DE TU CALIDEZ.

EN ESE RINCÓN,

CUELGO TU BOCA;

EL BRILLO DE TU PELO

Y EL VERSO DE TU DESNUDEZ.

¡En un rincón del alma!

Tengo, sembrado, la luz de tu calma, en mi amanecer.

Tengo, enmarcado, la cima de tu llama, quemándome, la piel;

Tengo recuerdos que son, suspiros de nuestro amor.

4- ES UN MILAGRO DE AMOR

Robert MAXIMILIAM

No seas «Tomás» que necesitas, mirar para creer.

Los Milagros de la vida pasan, siempre y sin medida;

Los milagros del amor, nunca dejan de nacer.

Es un milagro de amor

Cuando, despiertas al amanecer;

Cuando, respiras por primera vez;

Cuando, descubres el color de la creación.

Es un milagro de amor

Cuando, caminas sin ayuda alguna;

Cuando, hablas y el mundo escucha;

Cuando, callas y el silencio, te habla.

Es un milagro de amor

Cada, rocío que nos cae del cielo,

Cada, estrella y su dulce brillar;

Cada, flor en cualquier lugar.

Tengo que aprender a sorprenderme.

Sin necesidad de magia ni espectáculo;

Sin necesidad de fiestas y luces;

Sin cámaras ni videos.

Un milagro de amor, es:

Despertar cada mañana,

Saludar al mundo

Y respirar, sintiéndome vivo.

Un milagro de amor, es:

Tener que comer,

Poder caminar y estar en salud.

Un milagro de amor, es:

Poder llorar,

Poder amar y poder ser, solidaridad.

5- ESTA NOCHE

Robert MAXIMILIAM

¡Esta noche!

Quiero estar, contigo.

¡Esta noche!

Quiero, ser más que, tu amigo.

Entregarme, como nunca;

Seducirte, sin preguntas;

Enamorarte, hasta morir… de amor.

¡Esta noche!

Quiero estar, contigo.

¡Esta noche!

Quiero amarte, sin motivo.

Conquistarte, la mirada;

Musitarte, mientras, callas;

Derretirte, el miedo, al amor.

¡Esta noche!

Será una noche, especial;

Haré que brillen, las estrellas, en tus ojos;

Haré que suba, la marea de tu cuerpo;

Haré que vibres… de emoción.

¡Esta noche!

Será una noche, mágica,

Haré que el tiempo, se detenga, en un beso;

Haré que el verso sea, beso de un deseo;

Te haré volar entre las estrellas.

¡Esta noche!

Será una noche, para amar;

Quiero amarte, suavemente;

Enloquecerte, con las manos.

Quiero amarte, eternamente,

Ser tu amante…ser tu amo.

6- ESTOY PENSANDO EN TI

Robert MAXIMILIAM

ESTOY PENSANDO EN TI.

Y tu imagen, se vuelve realidad.

ESTOY PENSANDO EN TI.

Y mi corazón, se goza en tu presencia.

CUANDO PIENSO EN TI.

Me vuelvo, un suspiro del amor.

Y HOY, PIENSO EN TI

Volviéndome, un capricho del amor.

Y HOY, PIENSO EN TI.

Volviéndome, un capricho de tu amor.

ESTOY, PENSANDO EN TI.

Y MI ALMA, SE GOZA EN TU PRESENCIA.

ESTOY, PENSANDO EN TI.

Y MI ESPÍRITU, SE INUNDA DE EMOCIÓN.

TÚ, ME HACES BIEN,

ME COLMAS DE GOZO, LA EXISTENCIA.

TÚ, ME HACES BIEN,

Y TU PRESENCIA…

ES EL ELIXIR DE MI CORAZÓN.

7- ETERNAMENTE AGRADECIDO

Robert MAXIMILIAM

Estoy,

Eternamente, agradecido;

Por haberte conocido, porque estás en mí existir.

Estoy,

Humildemente, enamorado;

De tu amor ser el esclavo y un reflejo de tu amor.

Estoy,

Cándidamente, ilusionado;

Caminando a tu lado, suspirando por tu amor.

Aunque, sé

Que el amor es, cruel;

Cuando, no es correspondido;

Cuando, cae en el hastío,

Cuando, deja de soñar.

Pero sé que el amor es, fiel;

Cuando, siente que es, verdad;

Que, lo avala, la ilusión;

Que suspira en libertad.

Estoy, eternamente, agradecido;

Porque me siento, bendecido;

Porque te tengo, junto a mí.

8- HAS SIDO TÚ

Robert MAXIMILIAM

¡Has sido, tú!

El amor que me ha hecho soñar.

¡Has sido, tú!

El amor que ha puesto alas a mi ilusión.

¡Has sido, tú!

La bendición de Dios.

¡Has sido, tú!

El amor en cuerpo y alma;

¡Has sido, tú!

El deseo vestido de realidad

¡Has sido, tú!

Más que el verbo, amar.

¡HAS SIDO TÚ! SOLO, TÚ.

EL CONCAVO Y CONVEXO DE MI VIDA.

¡HAS SIDO TÚ! SOLO, TÚ.

EL VERBO Y LA PALABRA EN ARMONÍA.

¡HAS SIDO TÚ! SOLO, TÚ.

EL ALFA Y EL OMEGA EN MI EXISTIR

¡HAS SIDO TÚ! SOLO, TÚ.

EL CULMEN DEL AMOR… EN MI COMUNIÓN.

9- LA SEPARACION

Robert MAXIMILIAM

Cayó, como un rayo en mi alma.

Destruyó, por completo, mi ilusión.

Sentí, morir por dentro

Caí, en estado mortal.

Pensé que era un mal sueño.

Quizás, una horrible, pesadilla.

Cerré y abrí, mis ojos a la vida.

Y lo imposible, era realidad.

¿Qué pasó? ¿Qué sucedió?

¿Cuándo, comenzó a morir nuestro amor?

¿Qué pasó? ¿Qué sucedió?

¿Cuándo, comencé a perderte?

¿Y ahora, quién consolará mi pena?

¿Quién me ayudará a salir a flote?

Me aliviará, este dolor.

¿Y ahora, quién, estará a mi lado?

¿Quién, me ayudará a levantarme?

Me sostendrá en este dolor.

¡Duele! ¡Duele hondo!

Duele tanto que, voy a llorar.

¡Muerde! ¡Muerde fuerte!

Este fracaso sin final.

¡Me cuesta aceptar, esta separación!

¡No concibo aceptar que hoy, sea el adiós!

10- MAMASITA
Robert MAXIMILIAM

¡Mamacita, yo te quiero!

¡Mamacita, te prefiero!

¡Mamacita! Muy, cerquita de mi corazón.

Pegadito a mi pechito.

Sofocando esta pasión.

¡Mamacita, yo te adoro!

¡Mamacita, te imploro!

¡Mamacita!

Que te rindas, a la causa de mi ilusión.

Pegadito a mi pechito.

Sofocando esta pasión.

¡Mamacita, mi cosita rica!

¡Mamacita, mi agua bendita!

Mamacita, yo te pido, tu bendición.

Mamacita, yo te pido:

Ser, consentido, sin condición.

Dame de beber

De tu agua bendita.

Dame de comer

De tu cosita rica.

Aliméntame: el alma y el cuerpo,

Sino, voy a desfallecer.

¡Mamacita, mi cosita rica!

¡Mamacita, mi agua bendita!

Mamacita, yo te pido: Tu bendición.

Mamacita, yo te pido: me des tu amor.

11- MARIPOSAS

Robert MAXIMILIAM

Mariposas
Hay en el alma
Que vuelan sin parar
Cuando, tú me ves.

Mariposas
Son las que tengo yo
Musitando amor
Al oír, tu voz.

MARIPOSAS
COMO ROSAS
QUE ILUMINAN
MI CORAZÓN

MARIPOSAS
COMO DIOSAS
QUE ESTÁN REINANDO
EN MI ILUSIÓN

Sólo, son: mariposas
Que revolotean
En mi interior

Sólo, son: mariposas
Que están mimando
Mi corazón

12- ME ILUSIONASTE

Robert MAXIMILIAM

Con tus besos encendiste una llama
Que creía apagada y extinguida;
Con tus manos, me llevaste, hasta, el puerto
De tu almohada, de tu cama;
Y en una rama, me has dejado: colgado,
Sin tu aroma…enamorado.

Con tu voz me enamoraste la razón
Y el corazón, sin darme cuenta.
Con tus ojos, me embrujaste la vida,
Sin medida, cada día.
Y en una rama, me has dejado: colgado,
Sin tu aroma… enamorado.

Me ilusionaste el alma
Y me subiste a lo más alto;
Me ilusionaste el verso
Y me pintaste, otro beso;
Me subiste, en la barca de tu locura
Y en tu aventura… me perdí.

¡Y ahora, estoy aquí!
Magullando mi desolación.
¡Y ahora, estoy aquí!
Repitiendo tu canción
¡Me estoy, quemando!
Consumiendo a fuego lento
En las cenizas… de tu amor.

13- MI APUESTA EN EL AMOR
Robert MAXIMILIAM

¡**Yo**, te amar**é**!
Hasta, el **fin de** mis días
¡**Yo**, te amar**é**!
Sin princi**pio ni final**

¡**TE AMARÉ**!
CON TODAS LAS FUER**Z**AS
QUE PERMI**TE MI** CORAZ**ÓN**.
¡**TE AMARÉ**!
POR SER **LA A**PUES**TA**
DE MI CORAZÓN,
DE MI AMOR

¡**Yo**, te amar**é**!
Con ternura y **fantasía.**
¡**Yo**, te amar**é**!
Sin pasa**do** y por la **vida**

¡**TE AMARÉ**!
EN MI DELIRIO **Y** DEVOC**IÓN**.
POR AMOR... ¡**TE AMARÉ**!
POR SER, **LA A**PUESTA
DE MI AMOR.

¡**Yo**, te amar**é**!
Cómo, se **ama** de ver**dad**
¡**Yo**, te amar**é**!
Sin secretos **y** por **la** eterni**dad**

¡**TE AMARÉ**!
COMO MA**N**DA EL AM**OR**,
CON CARI**DAD**.
¡**TE AMARÉ**!
CON TODO, MI SER,
SIMPLEMENTE, **POR AMOR.**

14- MI DULCE INSPIRACION

Robert MAXIMILIAM

Mi inspiración.

Mi dulce inspiración.

Mi inspiración.

Mi dulce inspiración.

Una hermosa, canción de amor.

Una oración sentida del corazón.

Un grito de amor de Dios.

Una luz en la oscuridad.

MI INSPIRACIÓN

MI DULCE INSPIRACIÓN

Es la libertad de la palabra,

Es la verdad en un mirar;

Es la humildad de un corazón,

Es el amor en solidaridad.

MI INSPIRACIÓN

MI DULCE INSPIRACIÓN

Es ver el sol por la mañana,

Es el aire, tocándome, la frente;

Es la voz del corazón,

Es el amor... por la vida.

MI INSPIRACIÓN

MI DULCE INSPIRACIÓN

Es la lluvia en la ventana,

Es un atardecer sobre la playa;

Es la luna enamorada,

Es la fe…en un, mañana.

15- MELODIAS DEL TIEMPO
Robert Maximiliam

Escribo, atrapando primaveras,
Que vuelan, en el cielo de mi tiempo.
Me atrevo a soñar entre quimeras,
Mariposas de neón en mí, desierto.

SON MELODÍAS
QUE SEDUCEN MIS CIMIENTOS
SON MELODÍAS
QUE ATRAVIESAN MIS DESIERTOS
SON MARÍAS
ACOGIÉNDOME EN SILENCIO.

SON MELODÍAS
QUE ME LLEVAN EN UN CUENTO
SON MELODÍAS,
ARCO IRIS, EN EL VERSO DE MI MENTE
SON DEIDAS,
BELLAS MUSAS EN MIS VIENTOS.

Canto llantos que se atreven a penar,
Versos nuevos con miradas de un ayer.
Soy jilguero que, de nuevo
Ha querido amanecer.

POEMARIO - III

«MIS SUSPIROS DE AMOR»

«Cada uno de mis poemas, son: suspiros que, mi alma, evoca al pensar en el amor de mi vida. Son frases eternas que alzan sus alas queriendo surcar los cielos de un silencio que se vuelve intenso. Cada suspiro refresca un vacío que provoca el nacimiento de un brillo que vuelve a ser sentido para seguir soñando »

Robert Maximiliam

POEMARIO

III- «MIS SUSPIROS DE AMOR»

1- MI PRIMER AMOR

2- MI ÚNICO AMOR

3- MIENTRAS, TE RECUERDE

4- MIS SUSPIROS DE AMOR

5- NO PIERDAS TU TIEMPO

6- NO TE DESANIMES, ESTO PASARÁ

7- NO TE PUEDO OLVIDAR

8- PALABRAS DE AMOR

9- PARLIAMO DE AMORE

10- PENSANDO EN TI

11- PEQUEÑOS MOMENTOS

12- QUIERO SER ALGO MÁS

13- QUIERO SORPRENDERME

14- SIEMPRE, ESTARÉ AHÍ, PARA ACOMPAÑARTE

15- SOMOS, HIJOS DEL AMOR

1- MI PRIMER AMOR

Robert MAXIMILIAM

Aunque pase el tiempo, lleguen otros besos,

Otras caridades, nuevas ilusiones,

Versos del amor.

Aunque pase el tiempo, pasen otros mares,

Lleguen otros soles, nuevas primaveras,

Sueños del amor.

TÚ FUISTE, MI PRIMER AMOR

CONTIGO APRENDI

A COMPARTIR LOCURAS,

A CEDER DE NUEVO,

A APRENDER DEL MIEDO,

A SER COMUNIÓN.

TÚ FUISTE, MI PRIMER AMOR

CONTIGO APRENDI

A COMPARTIR RIQUEZAS,

A OFRECER POBREZA,

A CALLAR VANIDADES,

A SEGUIR, DE PIE.

TÚ FUISTE, MI PRIMER AMOR

MI PRIMER BESO

MI PRIMERA ILUSIÓN.

2- MI ÚNICO AMOR

Robert MAXIMILIAM

Tú eres mi amor, **tú** eres mi cielo,

Tú eres mi vida, el **único am**or de mi corazón.

Tú eres mi amor, tú eres mi luna,

Tú eres el verso, la única voz de mi corazón.

¡AY!

CARIÑO, CARIÑO

NO PUEDO VIVIR, **SIN TU AMOR.**

¡AY!

MI VIDA, MI CIELO

TÚ ERES MI AMOR, MI ÚNICO AMOR.

Tú eres mi mar, tú eres mi tierra

Tú eres mi mundo y mi adoración.

Tú eres mi música, **mi** melodía,

La sinfonía en mi corazón.

3- MIENTRAS, TE RECUERDE

Robert MAXIMILIAM

No intentes olvidarme porque no podrás,

Mis besos fueron huellas marcadas por amor.

No intentes olvidarme porque no podrás,

Mi tiempo en tu tiempo es historia eternidad.

No intentes olvidarme porque no podrás,

Mis manos en tu cuerpo es el verbo en libertad.

No intentes olvidarme porque no podrás,

Mis lunas en tus lunas son poemas del amor.

No podrás olvidarme;

Simplemente, no podrás

Aunque, quieras y pudieras,

Seré, imposible olvidar.

Arderán, mis besos, en tu cuerpo;

Quemaran, mis locuras, en tu cintura;

Volaran, mis ganas, sobre ti.

4- MIS SUSPIROS DE AMOR

Robert MAXIMILIAM

A ella, van mis suspiros de amor.

A ella, van mis plegarias en flor.

A ella, escribo versos en miel.

A ella, le declamo mi amor.

A ella, le abriría mi alma.

A ella, entregaría mi corazón.

Sólo, a ella, amaría, por entero

Y en un bolero, la llevaría a volar.

Sólo, a ella, abriría, mi sendero

Y en velero, la invitaría a soñar.

A ella, van mis suspiros de amor.

A ella, van mis palabras de hoy.

A ella, recito libros de amor.

A ella, me entrego sin razón.

5- NO PIERDAS TU TIEMPO

Robert MAXIMILIAM

¡NO PIERDAS, El TIEMPO!

Criticando, viendo a **los** demás.

No pierdas el tiempo.

¡NO PIERDAS, EL TIEMPO!

Soñando, por soñar.

No pierdas el tiempo.

¡NO PIERDAS, TIEMPO!

Buscando, ser el mejor.

No pierdas el tiempo.

NADA GANAS, CON LLORAR

EL AGUA PASADA, **ES** PASADO, YA.

MIRA, LA VIDA **Y** SU DESPERTAR;

SIENTE, LA VIBRA Y PONTE A CAMINAR.

¡LEVANTE, CON ORGULLO!

RESPIRA, PROFUNDO **Y** SUEÑA REALIDAD.

TOMA, TÚ TIEMPO, **ORA** CON FE,

MIRA, DENTRO **Y** VUELA, SIN TEMOR.

SE, TÚ MISMO, NO TE MIENTAS;

SE VALIENTE **Y** DÉJATE AMAR.

¡NO PIERDAS, TU TIEMPO!

Sonríe y deja sonreír.

No pierdas el tiempo.

¡NO PIERDAS, TU TIEMPO!

Ten fe y deja creer.

No pierdas el tiempo.

6- NO TE DESANIMES, ESTO PASARÁ.

Robert MAXIMILIAM

Si la vida, pareciera ir **al** revés;

Si el silencio, pareciera **un** ¿no sé qué?

Si las miradas, parecieran dirigidas hacia ti.

NO TE DESANIMES NI TE ECHES A PERDER.

TODOS, VAMOS, EN EL MISMO TREN.

TODOS, PASAMOS, ALTAS Y BAJAS.

TODOS, PERDEMOS, MÁS DE ALGUNA VEZ.

NO TE DESANIMES NI RENUNCIES A SEGUIR.

TODOS, SOMOS, BARCOS A LA DERIVA.

TODOS, SOMOS, VAGABUNDOS POR AMOR.

TODOS, ANDAMOS, BUSCANDO UN POCO DE FE.

Si el tiempo, hace pausas sin aliento;

Si el verso, se convierte en tango eterno;

Si tu alma, se derrumba en soledad.

NO TE DESANIMES, NI CADUQUES AL AMOR

TODOS, SOMOS, PRESAS DE ALGÚN DOLOR

TODOS, SOMOS, VÍCTIMAS DE ALGÚN ERROR

TODOS, SOMOS, BESOS DEL DESAMOR.

PERO, TEN PRESENTE QUE, TAMBIÉN, PASARÁ;

Y VENDRÁN DÍAS NUEVOS, NUEVAS ILUSIONES

Y VERÁS AMANECERES EN TU CORAZÓN.

7- NO TE PUEDO OLVIDAR

Robert MAXIMILIAM

Mientras, te recuerde;
Siga suspirando,
Seguirás, viviendo en mi corazón.
Mientras, no te olvide;
Murmure, tus besos,
Siga, musitando en mi corazón

Seguirás, siendo vida,
Siendo, presente en mi corazón;
Seguirás, siendo verso,
Palabra, sagrada de mi ilusión.

Porque, lo confieso,
No te puedo, olvidar;
Sigues, viviendo, tan presente.
En mi mente, sigues siendo, realidad;
Porque, lo confieso,
Sigues, siendo el preso;
Murmurando tiempos,
Versos nuevos en mi callar.

8- PALABRAS DE AMOR

Robert MAXIMILIAM

Son palabras de amor,

Palabras del alma,

Palabras de vida

Que me salen del corazón.

Son poemas del alma,

Teoremas de inspiración;

Mariposas sagradas,

En misión por amor.

Para llevarte a tu almohada,

Para anidar en tu ser;

Un canto de Gloria,

Mis aleluyas de amor.

Para escribirte despacio,

Para decirte mi amor;

Y murmurar, la locura

Que enciende mi corazón.

Pequeñas palabras dulces

Que buscan ser una flor;

Y florecer en tus ojos

Al escuchar mi canción.

Son, la expresión de mi alma,

Una ovación al amor;

Un grito de amor sagrado,

Para decirte mi amor.

9- PARLIAMO DE AMORE

Robert MAXIMILIAM

¡Parliamo d'amore!

Que no muera la magia,

Que florezca el silencio

Que las caricias renazcan.

¡Parliamo d'amore!

Despertemos el verso

Refresquemos la noche

Que la luna nos cante.

¡Parliamo d'amore!

En todos los sentidos,

Con las manos, el alma;

Desnudemos, el corazón.

¡PARLIAMO D'AMORE!

PERCHÉ L'AMORE È TUTTO

L'AMORE È MAGIA

L'AMORE È VITA

L'AMORE È GRANDE.

¡Parliamo d'amore!

Sin miedos sin pausas,

Con la puerta abierta;

De frente y mirándonos.

10- PENSANDO EN TI

Robert MAXIMILIAM

Cuando estoy, pensando en ti;

Se me inunda la razón,

Se embellece mi mirar

Y me vuelvo... Suspirar.

Cuando estoy, pensando en ti;

Me seduce la ilusión,

Un deseo de volar

Y me vuelvo... Gorrión.

NAVEGANTE DE ALTA MAR

EMIGRANTE POR AMOR

PRISIONERO EN LIBERTAD

UN POETA, SIN HOGAR.

UN OASIS PARA AMAR

UNA SOMBRA, BAJO EL SOL

UN DESEO EN SOLEDAD

UNA HISTORIA, DEL AMOR.

Cuando estoy, pensando en ti;

Me refugio en mi callar,

Me consuelo, en nuestro amor

Y me escapo... Por amor.

UN HORIZONTE EN MIRAR

UN POLIZONTE DEL AMOR

UN POEMA EN PROCESIÓN

UN SILENTE… DEL CORAZÓN

11- PEQUEÑOS MOMENTOS

Robert MAXIMILIAM

Pequeños y grandes momentos,
Que vivo a cada momento,
Que llenan mi alma de amor,
Que dan calor a mi corazón.

Como el beso sin dueño,
Un sueño en empeño,
Un verso en la alcoba
y en la trova, una moda.

Como abrazo sincero,
Un viejo bolero,
La nota más alta
Y en la calma, un lucero

Como noche sin luna,
Una voz en la cuna,
Palabras de aliento
Y el viejo, silencio.

Como el tiempo, sin tiempo;
Una hora en la cama,
Una carta de lejos,
Una foto de mi viejo.

Como el niño que ríe,

El perro que ladra

El viento que sopla

Y el sol, al levantarse.

Como el verso de la noche,

La luna en lo alto,

Un beso discreto

Y la voz de un ser amado.

Como el río que canta,

Las nubes que pasan,

La lluvia que cae

Y el sudor, en la ventana.

Como el tiempo en la aurora,

La paz en la cama,

El soplo de vida

Y mi fe, en la cruz.

12- QUIERO SER ALGO MÁS

Robert MAXIMILIAM

Quiero que mi voz, resuene en tu corazón

Como burbuja de amor.

Como murmullo de paz

Como oración de ilusión.

Quiero que mi amor, florezca en tu interior

Como lucero de fe

Como deseo en café

Como presea del amor.

¡QUIERO, SER!

ALGO MÁS QUE UNA SIMPLE OCASIÓN.

ALGO MÁS QUE UNA, DULCE, CANCIÓN.

ALGO MÁS QUE UN MINUTO DE AMOR.

ALGO MÁS QUE UN SEGUNDO DE PASIÓN.

QUIERO, SER... TU AMOR.

¡QUIERO, SER!

ESE MÁS, EN LO FRÁGIL DE TU CORAZÓN.

ESE MÁS, EN LO FUERTE DE TU PASIÓN

ESE MÁS QUE FIRMA TU ILUSIÓN

ESE MÁS QUE SEDUCE TU MIRAR

QUIERO, SER... TU AMOR.

13- QUIERO SORPRENDERME

Robert MAXIMILIAM

Hoy quiero, sorprenderme,

Llenarme de momentos,

De momentos sagrados

Que enamoran mi alma.

Pequeños y grandes momentos,

Que nacen a cada momento,

Floreciendo en el jardín de mi alma.

Hoy me desperté,

Y, el sol, entraba por mi ventana.

Respiré profundo **y,** el aire, me llenó de alegría.

Escuché, la voz,

De mi hijo, **pr**onunciar mi nombre.

Y, a mi mujer, **a** mi lado,

Mirándome, con una sonrisa.

Me sorprendió el saludo

Del verbo del silencio

De aquel que doblegó su orgullo

Para decirme: lo siento.

Me quedé pequeño, **al** caer en un error,

Tener que pedir perdón bajando la cabeza.

Y aceptar que no soy perfecto

Y, en mi imperfección, descubrirme, mejor.

La tarde me regaló un saludo,

Me ofreció el regalo

De la promesa de una mañana.

La luna y las estrellas, brillaron en el cielo

Y enamoraron, mi espíritu, con su belleza.

Y antes de irme a la cama,

Mi hijo, me dijo: ¡te amo!

Y antes de irme a la cama…

Me descubrí, abrazado, a mi amada.

14- SIEMPRE, ESTARÉ AHÍ, PARA ACOMPAÑARTE

Robert MAXIMILIAM

¡Siempre!

Siempre, estaré, ahí.

Junto a tu cruz para acompañarte.

¡Siempre!

Siempre, estaré, ahí.

Cuando el sol, te dé la espalda.

¡Siempre!

Siempre, estaré, ahí.

Dejando el alma para ayudarte.

¡Y NO, ME IMPORTARA!

QUE EL MUNDO

ESTE CONTRA MÍ.

¡Y **NO**, ME IMPORTARA!

QUE MUERA

EN EL INTENTO.

¡Siempre!

Siempre, estaré, ahí.

A tu lado por amistad.

¡Siempre!

Siempre, estaré, ahí.

Cuando tú, me necesites.

¡Y **NO**, ME IMPORTARA!

QUE TODO

ESTE CONTRA MÍ.

¡Siempre!

Siempre, estaré, ahí… Junto a ti.

15- SOMOS, HIJOS DEL AMOR

Robert MAXIMILIAM

Creados, por amor

Para dar vida al mundo.

Creados, por amor

Para ser más que un segundo.

Somos, los hijos del amor.

Herederos de un reino de paz;

Constructores de nueva creación,

Esperanza para un mundo, mejor.

Somos, los hijos del amor.

Fuentes de gloria y honor;

Comuniones de verbos en libertad,

Poseedores, del poder de amar.

Nuestra misión:

Es ser fuentes de amor,

Es ser puentes de caridad.

Nuestra misión:

Es ser verbo en la amistad,

Es ser verso en solidaridad.

Tú y yo

Somos, hijos del amor

Abramos libres, nuestro corazón.

Tú y yo

Somos, hijos del amor

Luchemos siempre, porque reine la paz.

Tú y yo

Somos, hijos del amor

Podemos hacer más… por la humanidad.

POEMARIO - IV
«SIGO, NECESITANDO DE TU AMOR»

« Aceptar que dependemos de un amor, es: comprender la realidad de un sentimiento hacia otra persona. Es dar, un grado de valor al ser que amamos; es ofrecer nuestro corazón en la libertad de una decisión. Seguir amando, significa, igualmente, que mi amor por ti sigue vigente, vivo y aspira a ser: correspondido»

Robert Maximiliam

1- CALLANDO LO QUE, SIENTO.

Robert MAXIMILIAM

Siempre, estoy, volviendo a mis pasos en silencio.

Siempre, estoy, volviendo a mi pasado en el tiempo.

Siempre, estoy, volviendo a ser presente en mi mente.

Una y otra vez, naciendo en el verso de tu encanto.

Una y otra vez, renaciendo en el beso de tu canto.

Una y otra vez, callando lo que siento en mí adentro.

Vivo, para ti.

En mi mundo, sigues, siendo ése, segundo.

Vivo, siempre, en ti.

Como aguja en el reloj del tiempo.

Vivo y existo por ti.

Como llama eterna, **en** el corazón.

Siempre, estoy, calcando mis mejores momentos.

Siempre, estoy, siguiendo el susurro de tu viento.

Siempre, estoy, penando este amor **por** dentro.

2- NUESTRO AMOR

Robert MAXIMILIAM

¡Porque me gusta nuestro amor!

Porque en la cama, rompemos teoremas;

Porque en la calma, hacemos un poema;

Porque la llama, se vuelve, eterna.

¡Porque me gusta nuestro amor!

Porque la rutina se vuelve gelatina;

Porque en la tina, nos unimos sin mentira;

Porque, la vida, la aceptamos con placer.

¡Porque me gusta nuestro amor!

Porque, entre los dos, colocamos nuestro Dios;

Porque, en el dolor, nos unimos por amor;

Porque, siendo dos, somos uno, por amor.

3- RESCÁTAME

Robert MAXIMILIAM

¡Qué, no ves!

Que camino al revés.

¡Qué, no ves!

Que no ando bien

Que estoy, en el andén de mi desolación.

¡Qué, no ves!

Que me pierdo en lo que es fácil.

¡Qué, no ves!

Que soy palabra de cristal.

Que estoy, en el silencio de un atardecer.

¡RESCÁTAME!

OFRÉCEME, ALGO

QUE ME DÉ, UN SENTIDO, AL VIVIR

¡RESCÁTAME!

ACÓGEME, EN TU INTERIOR.

TENGO, FRÍO QUE SE HACE, ETERNO;

TENGO, HAMBRE Y NO HAY QUE COMER.

¡RESCÁTAME!

POR FAVOR, QUIERO VIVIR.

4- SIGO DE PIE

Robert MAXIMILIAM

A pesar, del tiempo; a pesar, del viento;

A pesar, de todo; sigo de pie.

A pesar del beso, a pesar verso;

A pesar del peso, sigo de pie.

Y trato de mantenerme firme

De sentirme libre, de ser humildad.

Y lucho por ser verdadero,

Por ser duradero, ante la adversidad.

Como un viejo, roble; como un buen vino,

Como este camino, sigo estando en pie.

Ante la dificultad, la incapacidad

Y mi terquedad, sigo estando en pie.

Y no es por capricho, es por necesidad,

Por amor a la vida, sigo estando en pie.

Y sigo, como el mejor trigo

Renazco de las cenizas por ser verdad.

Y digo, como el mejor amigo

Siempre, aquí estaré, para estar contigo.

5- TE AMARÉ, POR DENTRO.

Robert MAXIMILIAM

Te amaré por dentro meditando mis pasos;

Caminando despacio añorando tu tiempo.

Te amaré por dentro deshojando recuerdos

Musitando tus besos, recorriendo tu cuerpo.

Te amaré por dentro navegando tus mares

Sofocando deidades, mutilando pendientes.

Y CALLARÉ… PERDIÉNDOME EN TU OLVIDO.

Y LLORARÉ… AÑORANDO TUS BESOS.

Y ESPERARÉ… ILUSIONADO CON TU REGRESO.

Y SERÉ… OTRA VEZ, PRESENTE EN MI SILENCIO.

Y GRITARÉ… AL VACÍO QUE ERES MÍA.

Y ABRAZARÉ… TU RECUERDO CO LOCURA.

Y ALLANARÉ… CON TUS BESOS MI VACÍO.

Y SERÉ… OTRA VEZ, HORIZONTE, EN MI PRESENTE.

Te amaré, por dentro, atacando mentiras;

Fulminando traiciones, iluminando mi vida.

Te amaré, por dentro, admirando mis días;

Floreciendo en poemas, renaciendo en pedazos.

6- TOCADO POR UN ÁNGEL

Robert MAXIMILIAM

Tocado por un, ángel, he vuelto a sonreír.

Caminaba en la nada, suplicaba una almohada;

Y el camino, se hacía insurrección.

Despertaba sin tonada, amagaba ser velada;

Y, por dentro, me ahorcaba la razón.

TOCADO POR UN, ÁNGEL.

HE VUELTO A RENACER

ME HA TOMADO ENTRE SUS BRAZOS,

ME HA OFRECIDO SER MANÁ.

ME HA PRESTADO UNAS ALAS,

ME HA MOSTRADO UN RUISEÑOR,

ME HA ENSEÑADO A ALABAR AL CREADOR.

¡Eres un, ángel!

En mi vida, eres verbo y resurrección.

¡Eres un, ángel!

Eres, mi sol y mi salvación.

TOCADO POR UN, ÁNGEL.

HE, VUELTO, A SER VERDAD.

¡SOY! CAMINO, CON DESTINO.

¡SOY! VINO, A DEGUSTAR.

¡SOY! SENTIDO, EN LO QUE VIVO.

¡SOY! PRESENTE ¡Y AQUÍ, ESTOY!

7- TU GRAN AMOR

Robert MAXIMILIAM

Toma mi corazón y has, con él, lo que te plazca.

Toma mi vida entera, y juega con ella, al son de tu amor.

MI ALMA, MI CORAZÓN Y, TODA, MI VIDA.

TE LO OFREZCO, POR UN POCO DE TU AMOR.

MIS SUEÑOS, ANHELOS Y MI LIBERTAD

SON TUYOS, A CAMBIO DE TU AMOR.

¡Tómame, ámame!

Y déjame ser, parte de tu vida.

¡Tómame, ámame!

Y déjame amarte sin condición.

Porque, quiero ser: solamente, tuyo.

Porque, quiero ser: tu gran amor.

8- TU ME RECORDARÁS

Robert MAXIMILIAM

¡Me recordarás!

Amor mío… Me recordarás.

Cada vez que haga frío en tu corazón.

Cada que el hastío/te nuble la razón.

¡Me recordarás!

Amor mío… Me recordarás.

Porque no fue al vacío que entregué mi corazón.

Porque te di lo mío, con ternura y pasión.

TÚ ME RECORDARÁS

PORQUE NO FUISTE AVE DE PASO

EN MÍ CAMINAR.

PORQUE NO FUISTE OCASO

FUISTE, DESPERTAR.

TÚ, ME RECORDARÁS.

CUANDO, EN LA MAÑANA,

EN TU CAMA, BUSQUES AMOR.

CUANDO. EN LA VENTANA.

UNA GITANA. TE PREGUNTE DE ILUSIÓN.

¡Me recordarás!

Amor mío… Me recordarás

TE LO JURO… ME RECORDARÁS.

Tú me recordarás.

No te auguro tempestades

Te deseo, lo mejor.

No te ofrezco amistades

Porque, sigues, siendo amor.

Tú me recordarás, te lo juro me recordarás.

Por mi vida que me recordarás.

9- UN AMOR TOTAL

Robert MAXIMILIAM

Yo te quiero amar,

Yo te quiero dar,

Un amor real,

Un amor total.

Ofrecerte un mar para navegar

Ofrecerte el sol y su despertar.

Yo te quiero amar, Sin punto final.

Amarte real, Amor de verdad.

Ofrecerte paz, en forma de pan;

Ofrecerte ser, sal en tu mirar.

QUIERO, AMARTE, ETERNO.

MÁS ALLÁ DEL CIELO.

QUIERO, DARTE TODO, Y UN POQUITO, MÁS.

ESCRIBIRTE VERSOS, EN TIEMPOS DE LUNA;

DIBUJARTE BESOS, COMO A NINGUNA.

DARME, SIN MEDIDA, EN LO QUE ME PIDAS;

OFRECERTE VIDA, HASTA, EN LA OTRA VIDA

UN AMOR ETERNO, UN AMOR TOTAL.

UN AMOR QUE, DAR; Y PARA REGALAR.

UN AMOR SINCERO, SIN PUNTO FINAL.

SÓLO, PARA TI.

PARA TI, NADA MÁS.

10- UN REGALO DE AMOR

Robert MAXIMILIAM

Regálame el deseo de convertirme en tu mirar.

Regálame ese brillo que te aparece al suspirar.

Regálame ese beso que se posa en tu callar.

Regálame, el tiempo que se para al despertar.

Un regalo de amor necesito para vivir.

Un regalo de amor necesito para existir.

No pido: riqueza; No pido, dinero.

No quiero tesoros ni promesas de amor.

Tan solo quiero, un poquito de amor.

Una voz, un calor, algo de comunión.

Tan solo quiero, un poquito de amor.

Una mirada, una flor, algo sin valor.

Regálame el suspiro que salió por casualidad.

Regálame el carmín de tu posibilidad.

Regálame esa foto que guardas en un cajón.

Regálame, el verso que duerme en tu soledad.

Un regalo de amor necesito para respirar

Un regalo de amor necesito para creer.

No pido: riqueza; No pido: dinero.

No quiero tesoros ni promesas de amor.

Tan solo quiero, un regalo de amor… Para los dos.

11- UNA PALABRA AMIGA

Robert MAXIMILIAM

¡Tan sólo necesito!

Un poco de ti

Una pequeñez, o tal vez, sólo a ti.

Una palabra amiga, un gesto sincero;

Un minuto de tu tiempo y, quizás, tu callar.

¡Tan sólo necesito!

Un poco de ti

Una caridad, puede ser, tu mirar.

Sólo, tu compañía, tu mano extendida;

Tu solidaridad en mi necesidad.

TU PALABRA ME DA VIDA.

FORTALEZA EN LA CAÍDA.

ES BASTIÓN EN LO IMPOSIBLE.

IMPRESCINDIBLE EN MI VERDAD.

TU PALABRA ME ALIMENTA.

ME SOSTIENE ME FOMENTA.

DIGNIFICA MI PECADO.

ES MI LEGADO EN EL AMOR.

12- VERBO AMOR

Robert MAXIMILIAM

¡Dame, tu amor!

Dame el calor que guarda tu corazón.

¡Dame, tu amor!

La ilusión que, encienda mi corazón.

Y vuélveme, comunión;

Vuélveme, corazón con tu amor

Quiero volar, quiero alcanzar

El cielo con tu amor.

Déjame entrar, déjame estar

Cerca de tu corazón.

Con tu amor, en mi ser,

Puedo ser: ilusión.

Con tu amor, en mi amor;

Puedo ser: verbo amor.

¡Dame, tu amor!

Dame el valor que necesita mi corazón.

¡Dame, tu amor!

Dame el fervor que, encienda mi corazón.

13- Y SIGO NECESITANDO DE TU AMOR

Robert MAXIMILIAM

Y sigo necesitando de tu amor

Como ayer, como hoy… Siempre.

Y sigo, viviendo de tu amor

Como ayer, como hoy… Siempre.

Como agua viva, dentro de mí;

Como pan de vida, para mí;

Siempre, reinando en mí ser.

Siempre, conquistando mi querer.

Como luna llena, sobre mí;

Como sol ardiente, dentro de mí.

Siempre, llenándome de amor.

Siempre, ofreciéndome tu amor.

Y sigo necesitando de tu amor

Como ayer, como hoy… Siempre.

Y sigo, deseando de tu amor

Como ayer, como hoy… Siempre.

14- YO QUIERO SER COMO TÚ

Robert MAXIMILIAM

¡Yo quiero ser como tú!

Como tú.

Cuando sea grande.

Como tú.

Sonreír a la vida, cada despertar;

Caminar de frente, sin miedo a los demás.

Abrazando la fe, en el Dios del amor

Como tú.

Escribir alas blancas, en hojas del saber,

Ofrecer ilusiones, en versos del querer

Aplaudiendo realidades que tienen corazón,

Como tú.

Anidar esperanzas en tiempos de hoy

Cobijar inquietudes con buena cara

Esperando buenas nuevas en tempestad,

Como tú.

15- SALVADOR DEL MUNDO

Robert MAXIMILIAM

¡Salvador del Mundo!

Protector de mi pueblo: El Salvador.

¡Salvador del Mundo!

Protector de mi pueblo: El Salvador.

Hoy, tus hijos, veneramos

Con orgullo, tu amor.

Te ofrecemos, este canto,

Para gloria y honor.

Hoy, venimos, de todas partes

A ofrecerte nuestro amor.

De Oriente, a Occidente;

Del Norte y del Sur.

Orgullos, te alabamos

Y pedimos, protección.

Fervorosos, te ofrecemos,

Nuestra devoción.

De La Hachadura a La Unión

De Citalá a Usulután

Te ofrecemos, esta canción.

De Izalco hasta Perquín

De las Chinamas al Amatillo

Te rogamos, tu bendición.

De Ahuachapán a San Miguel;

De Morazán a Sonsonate

Te pedimos, un poco de amor.

De San Salvador a todo el Mundo;

De todo el mundo a EL Salvador.

Hoy, clamamos, tu bendición.

POEMARIO - V

«DIRECTO AL CORAZON»

«*Cuando el amor llega, lo hace sin reparos, sin atajos y se mete, directo al corazón. Inunda la razón, hace crecer alas a la ilusión y lanza, al vacío de un horizonte, sin final. Vuela libre entre las nubes de nuestra vida, ronronea su música en las esquinas del alma y escribe su nombre con tinta eternal. Llega, sin prisa, como la brisa; sin tiempo, como el silencio; sin armas, como la calma. Arborece en el jardín de un callar, enmudece en el bullicio de nuestro hablar y perfuma la espuma de un soñar*».

Robert Maximiliam

POEMARIO

IV-   «DIRECTO AL CORAZON»

1- AFERRADO A TU AMOR

Robert MAXIMILIAM

Est**oy,** aferrándome a tu amor; contra todos y contra **to**do;

Contra el v**ien**to y contra, el **tiem**po.

Aferrándome por a**m**or.

Estoy, aferrándome a tu amor; luchando, siempre, contra, corriente

Peleando, con uñas y dientes… aferrándome a tu amor.

Y ES QUE LA **VID**A,

SE EMPE**C**INA, EN OFRECERME OTRA SA**L**IDA;

PARA HACERME OLVI**DA**R.

Y ES QUE LA VIDA

SE EMPEÑA, EN PONERME TENTACIONES,

PARA HACERME CAER.

PERO, TU **AMOR**…

ES MÁS GRA**ND**E QUE, MI MISMO **AMOR**

PERO, TU AMOR…

ES, MÁS, BELLO QUE, EL MISMO CIELO

Y ES QUE TU AMO**R**…

VALE MÁS QUE, MIL AMO**R**ES;

VALE MÁS QUE, MUCHAS, FL**O**RES.

PORQUE TU AMOR ES, SIMPLE**M**ENTE, MI AMOR.

POR ESO **SIG**O… AFERRÁNDOME A TU **A**MOR.

COMO, RAZÓN, A SU VER**DA**D; COMO, ILUSIÓN A SU DE**IDA**D;

COMO, CUERPO,A SU ABRIGO; COMO, CAMINO, A SU DESTINO.

2- ALGO MÁS QUE UN RECUERDO

Robert MAXIMILIAM

Hoy, quiero regalarte un recuerdo;

Un beso en el silencio de tu tiempo;

El amor que por ti, nace dentro

Yo quiero ser más que un recuerdo.

Hoy quiero regalarte un verso;

La canción que en mi silencio grita fuerte;

El amor que, por ti, llueve eterno.

Yo quiero ser más que un recuerdo.

HOY QUIERO SER, PARA TI:

ETERNO, COMO ESTE SENTIMIENTO.

SINCERO Y PERDERME, EN TU SILENCIO.

PERFECTO Y SER, TU COMPLEMENTO.

HOY, QUIERO SER, PARA TI

SIMPLEMENTE, TUYO EN EL TIEMPO.

HOY, QUIERO, SER

ALGO MÁS QUE UN DULCE RECUERDO.

QUIERO SER, PARA TI…

ESE AMOR QUE VUELA EN VERSO.

QUIERO SER, PARA TI…

EL AMOR QUE TE CALIENTA, SIEMPRE.

Hoy, quiero ofrecerte mi cielo;

El lucero; aquel que se posa en tu silencio.

El amor que me llena, tanto.

Hoy, quiero, ofrecerte mi sueño;

El deseo eterno de ser perfecto;

El amor que, por ti, siento.

3- ASÍ DE FACIL

Robert MAXIMILIAM

Así de fácil, llegaste **tú**.

Rompiendo todos mis esquemas,

Quebrando mis ideales;

Quemando mis matorrales,

Así de **fácil**, sin mucho esfuerzo.

Te metiste, en mis adentros.

Así de **fácil**, en mi **vi**da,

Como un suspiro con sentimiento.

Así de fácil, llegaste **tú**.

Marcando puntos y comas;

Poniendo versos y aromas;

Pintando valles y lomas;

Así de **fácil**, sin gran esfuerzo;

Sedujiste, mis temores.

Así de **fácil**, en mi **vi**da,

Te metiste, en mar adentro.

Y AHORA ESTÁS, POR SIEMPRE,

UNIDA A MIS CIMIENTOS.

Y AHORA ESTÁS, POR SIEMPRE,

COMO UNA ESTRELLA EN MI UNIVERSO.

VOLANDO, LIBREMENTE, EN MÍ SILENCIO;

CANTANDO, PROSAS ETERNAS, SUAVEMENTE.

4- ASÍ ERA ELLA

Robert MAXIMILIAM

Así, era ella.

Como un sol de medianoche

Como un verso en mi coche

Como el beso en la esquina **de** mi alma.

Así, era **e**lla.

Tan sutil, como el **tiem**po;

Tan sensual, como el viento;

Tan mía, **como e**sta agonía **en** el silencio.

Y hoy que, no est**á.**

Se muere, quizás,

Se apaga, mi voz,

En su recordar.

Y hoy que, no est**á.**

Despierta un ¿por qu**é?**

Quisiera, volver,

Unos pasos, atrás.

Así, era ella.

Como, vals en silencio;

Como, luz brillando dentro;

Como mar, en mi callar… rugiendo fuerte.

5- CUANDO NO ESTES A MI LADO 2019

Robert MAXIMILIAM

Sí, un día, me faltas tú.

Quiero pensar que, mi amor, te seguirá;

Sí, un día faltara yo.

Deseo pensar que, mi amor, te bastará.

Quisiera sentir, la seguridad.

Que, con tu amor, me bastará.

Quisiera pensar, con seguridad.

Que, mi amor, te alcanzará.

Cuando, no estés a mi lado;

Te juro que trataré de sobrevivir.

Será, enorme tu vacío, será profundo mi hastío.

Mi mundo, nunca, será igual.

NADA, NADA SERÁ IGUAL.

SIN TI, SERÁ DIFERENTE.

NADA, NADA SERÁ IGUAL.

SIN TI, NO TENDRÉ PRESENTE.

PERO… SOBREVIVIRÉ.

Cuando, no estés a tu lado.

Te pido que, trates de sobrevivir.

Será, enorme tú, vacío;

Será, profundo tu hastío.

Tu mundo, nunca será igual.

NADA, NADA SERÁ IGUAL.

SIN MÍ, SERÁ DIFERENTE.

NADA, NADA SERÁ IGUAL.

SIN MÍ, NO TENDRÁS PRESENTE.

PERO… SOBREVIVIRÁS.

6- DIRECTO AL CORAZÓN

Robert MAXIMILIAM

¡Te clavaste en el centro de mi corazón!

Como, flecha de Cupido que buscaba un nido;

Como, alma errante de un navegante;

Como, verso compuesto para ser mi beso.

Te clavaste y he quedado, quieto.

Viviendo… en tu ilusión.

¡Te clavaste en el centro de mi corazón!

Como, tiro perfecto sin ningún defecto;

Como, voz en la nada de una madrugada;

Como, estrella fugaz surcando mi mar.

Te clavaste y he quedado, envuelto.

Viviendo… en tu perfección.

Clavaste, tu mirada en el infinito de mi corazón.

Sembraste, tu sonrisa, sin dejarme una opción.

Pusiste a remojar tus besos y me volviste, comunión.

Clavaste, tus palabras en lo profundo como mi canción.

Sembraste, tus caricias e hiciste brotar mi ilusión.

Pusiste a cantar tus ganas y me enloqueciste, de pasión.

7- EL ESPEJISMO DE MI AMOR

Robert MAXIMILIAM

Tuve que decir, adiós para comprender mi error;

Para saber ¿qué perdía? Y ¿qué ganaba?

Te dije; adiós y sentí, morir.

Creí que había, cometido; el peor, error.

Te dije: adiós y morí, por ti.

Me dejé, secar, en la soledad de mi existir.

Y ahora sé que, el amor, se fue;

Fue un espejismo, en mí caminar.

Y ahora sé que, el amor, es fe;

Es una huella de la eternidad.

Te dije, adiós y fue, lo mejor;

No fue, un error, fue mi salvación.

Y ahora sé que, el amor, es fe.

No es, un espejismo en la realidad.

Y ahora sé que, el amor, es dar.

Es comprender, el verbo, amar.

8- ELLA TIENE UN ANGEL

Robert MAXIMILIAM

Hay, un ángel que ronda en su alma;

Un ángel que, brilla en su interior.

Ella tiene, un algo, especial; Algo que, la hace, singular.

Algo que, es maravilloso; que, le vuelve más hermosa,

Ella es, una rosa; con pleno de mariposas.

Ella es, mi esposa; **y** la **a**mo, de ver**da**d.

Hay, un ángel que ronda su alma;

Un ángel que envuelve, su mirar.

Ella tiene, un algo, espiritual.

Algo que, le vuelve natural.

En sus ojos, hay un brillo de bondad.

Ella tiene, un ángel, en su andar.

Ella es, una **ro**sa; con pleno de mariposas.

Ella es mi esposa; **y** la **a**mo, de ver**da**d.

Ella, tiene un ángel que me vuelve loco;

Que, me llena, el alma de algo celestial.

Que, me vuelve, un ser con piedad.

Ella, tiene un ángel de verdad.

Un ángel, en su mirar; es el ángel del amor.

Un ángel, en su ser; un ángel para amar.

Ella es, una **ro**sa; con pleno de mariposas.

Ella es mi esposa; **y** la **a**mo, de ver**da**d.

9- EN EL SILENCIO DE MI AMOR 2019

Robert MAXIMILIAM

¡Así, estoy yo!

Muriendo, en el silencio por tu amor.

¡Así, estoy yo!

Navegando, entre olas en el mar de mi soledad.

Imagínate, una noche viendo mi mar;

Murmurando, a las estrellas ¿dónde estás?

Platicándole, al viento

Que, en mis olas, yo te siento;

Ofreciéndole, un poema

Que, en la arena, no termino de escribir.

Imagínate, el silencio asechando en mí callar;

Y mi plegaria, enredándose, en mi soledad.

Las palabras se me han vuelto a mudar.

Me han dejado, en alta mar.

Mi horizonte, me presagia,

Que, adelante, hay un hueco, sin final.

¡Así, estoy yo!

Magullando, esta espera de no acabar.

¡Así, estoy yo!

Deshojando, mi esperanza en el hangar.

10- EN TU AUSENCIA

Robert MAXIMILIAM

Cuando no estás…

Me hace **fal**ta, sentir tu a**ro**ma;

Sentirte, **c**er**c**a, oír tu **voz**.

Cuando no estás…

Me hace falta, saber que existes;

Saberte, viva; sentirte, ahí.

Y, AUNQUE, NO ESTÉS.

VIVO EN LA FE.

QUE, NUESTRO AMOR,

SIGUE DE PIE.

Y, AUNQUE, NO ESTÉS.

TU AMOR, ME DA.

TODO, EL VALOR

QUE, ME HACE, FALTA… PARA SEGUIR.

Aún así… me hace falta.

Sentir, tus pasos, oler tu perfume;

Verbalizar, tu voz.

Aún así… me hace falta.

Pensarte, cerca,

Llamarte, dentro,

Sentirte, una necesidad.

11- POQUITO A POCO

Robert MAXIMILIAM

¡Poquito, a poco!

Te fui, entregando, las riendas de mi alma.

¡Poquito, a poco!

Te fui, abriendo, las puestas de mi corazón.

¡Poquito, a poco!

Te fui, queriendo, te fui, entregando, **mi** corazón.

¡Poquito, a poco!

Me fuiste, dando; me sedujiste, **el** corazón.

Y de a poquito,

Fuimos, sumando; fui**mos, rega**ndo nuestro amor.

Y de a poquito,

N**os** entregamos, nos convertimos, en ve**rbo** amor.

¡POQUITO, A POCO!

FU**E, CRE**CI**E**NDO, COMO LA ESPUMA, NUESTRO AMOR.**

¡POQUITO, A PO**CO!**

FUIMOS, CREANDO; FUE, AUMENT**A**NDO, **EST**Á ILUS**IÓN.**

Y EN HOY, EN **DÍA,** ES MI ALEG**RÍA.**

GRITAR CON **GANAS… TODO,** ESTE AM**OR.**

Y HOY, POR **HOY.**

NO HAY EN EL **MUNDO, NI** POR UN SEGUNDO;

MÁS, GRANDE, A**MOR.**

¡Poquito, a poco!

Nació, el amor; nació de Dios, nuestro amor.

12- QUIERO QUE ME RECUERDES

Robert MAXIMILIAM

Hoy, quiero, anidar un beso;

En, lo sagrado, de tu ilusión.

Para que vuele, en tu vida;

Para que extienda, sus alas, al amor.

Hoy, quiero, clavar un recuerdo;

En el cielo, de tu oración.

Para que, brille, como una estrella;

Para que, sea, parte de tu amor.

Hoy, quiero que, recuerdes…

Nuestras caminatas, nuestros pasatiempos,

Nuestra amistad.

Hoy, quiero que, recuerdes…

Nuestro aniversario, nuestro silencio,

Nuestra canción.

Hoy, quiero que, recuerdes…

Nuestra promesa, nuestro poema,

Nuestra intimidad.

13- QUISIERA QUE, ESTUVIERAS, AQUÍ.

Robert MAXIMILIAM

Solo, me encuentro, **so**lo.

En el um**bra**l de un **deseo**;

En la cor**nisa** de un «te **quiero**»;

En la pre**misa** de «me haces **fal**ta».

Quisiera **que, estuvieras, aquí**.

Solo, me encuentro, solo.

Despenicando, mi fortuna;

Abanicando, luz de luna;

Desafiando, la imprudencia un bolero.

Quisiera que, estuvieras, aquí.

ME ENCUENTRO, SOLO.

HAY, UN REMOLINO, CERCA MÍ.

ME ENCUENTRO, SOLO.

Y MIS FUERZAS, NO ME DAN MÁS.

QUISIERA QUE, ESTUVIERAS, AQUÍ.

PARA LEVANTARME, PARA SOSTENERME;

PARA AYUDARME…A SEGUIR DE PIE.

PARA CONSOLARME, PARA DARME FUERZAS

Y SEGUIR, AMARRADO, A TU AMOR.

Solo, me encuentro, solo.

En la encrucijada, de una decisión.

En la mentira, de una ilusión.

En piedad de ofrecer, un poco, de amor.

Quisiera **que**, estuvieras, a**quí**.

14- REGALO DE AMOR

Robert MAXIMILIAM

Regálame, un pedacito de tu cielo.

Para hacer, trenzas alegres, en la cima de mi alma.

Regálame, una pizca de tu verso.

Para pintar de anhelo, la sonrisa de mi corazón.

Y ASÍ, VOLAR.

POR EL INFINITO DE MI EXISTIR.

Y EXISTIR,

ETERNAMENTE, AGRADECIDO DEL AMOR.

Y ASÍ, SOÑAR.

COMO, VERBO DEL FUTURO, EN MI CANTAR

Y CANTAR,

ALEGREMENTE, POR EL BESO DEL AMOR.

Regálame, un segundo de tu tiempo.

Para inventar deseos, en la iglesia de mi vida.

Regálame, una tal vez, provocativo.

Para estar, contigo, en la nube del amor.

15- TE DEJO PARTIR

Robert MAXIMILIAM

Te dije: Adiós y te dejé partir.

Abrí las puertas de mi alma

Y me senté a esperar.

Te dije: Adiós y te dejé partir.

No te quise tenerte atada

No es por obligación.

YO SÉ, MUY BIEN.

QUE, EL AMOR ES, SINÓNIMO DE LIBERTAD.

YO SÉ, TAMBIÉN.

QUE, SI EL AMOR ES, ETERNO; A DE VOLVER.

VUELA, VUELA AMOR.

VUELA, TE DEJO, EN LIBERTAD.

VUELA, VUELA, TE DOY… MI BENDICIÓN.

PERO SI VUELVES, TEN PRESENTE:

QUE, SERÁ, HASTA EL FINAL.

Y SI NO VUELVES, TU AUSENCIA:

ME DIRÁ QUE, NO ERAS, VERDAD.

Te dije: Adiós y te dejé partir.

Sabiendo que, posiblemente, te podría perder.

Te dije: Adiós y te dejé partir.

Me quise jugar tu amor, con el corazón.

POEMARIO - VI

«DULCE COMUNIÓN»

«Quiero ser, agradecido con la vida al amanecer cada día y poder: mirar, sentir, caminar y callar. Decir, dentro, otro día más para celebrar la sensación de vivir, de existir, de ofrecer lo mejor de mí. Estar en armonía contigo mismo, con los demás y con ese SER que algunos llamamos: Dios. Es, estar en una, DULCE COMUNIÓN».

Robert Maximiliam

POEMARIO

VI- «DULCE COMUNIÓN»

1- AGRADECIENDO

Robert MAXIMILIAM

Te agradezco, tanto, Señor. Tú, presencia en mi vida.

Al despertar, en cada, mañana; al caminar, durante, el día.

En cada paso de mi existir, en cada, hueco de mi alma.

Desde el silencio de mi madre, desde que vi, la luz del día.

En el camino, cada día. Hasta, este día, todo en mi arde.

NO HAY PALABRAS DE ALABANZA

QUE TE EXPRESEN MI SENTIR.

NO HAY SILENCIO TAN PROFUNDO

QUE TE PUEDA ALCANZAR.

MI CORAZÓN, QUISIERA OFRECERTE

SU MÁS INTIMA, EXPRESIÓN.

MI EXISTIR, QUISIERA ALABARTE

Y SE QUEDA, EN LA ILUSIÓN.

Y LO ÚNICO QUE PUEDO DECIR

ES: ¡GRACIAS, MIL VECES GRACIAS!

POR AMARME DE VERDAD. POR AMARME SIN MALDAD.

Y LO ÚNICO QUE PUEDO DECIR

ES: ¡GRACIAS, MIL VECES GRACIAS!

POR AMARME, HASTA, MORIR.

POR AMARME, HASTA, EL FIN.

2- ARRAIGADO Y EDIFICADO EN TI

Robert MAXIMILIAM

Quiero creer, en ti, Señor.

Quiero sentir, tu amor.

Quiero estar, arraigado en ti, mi Dios.

Quiero, saberme, fiel, a ti.

Quiero crecer, en tu amor.

Quiero estar, edificado, en tu amor.

Que, tu Palabra, sea, la sangre de mis venas.

Que, tu Cuerpo, sea, alimento, eterno.

Que, tu Espíritu, sea, luz en mi tiniebla.

QUIERO VIVIR…ARRAIGADO, A TU AMOR.

QUIERO ESTAR… EDIFICADO, EN TU AMOR.

JESUSCRISTO: TU ERES, MI LUZ, ETERNA.

JESUCRISTO: YO CREO, EN TU AMOR.

JESUSCRISTO: TU ESTÁS, EN MÍ.

JESUSCRISTO: TU VIVES, EN MÍ.

3- CAMINARÉ, BAJO EL AMPARO DE AMOR

Robert MAXIMILIAM

Caminaré, en la senda del amor.

Mirando de frente, la estrella de Jesús.

Caminaré, siguiendo, las huellas del amor.

Recogiendo a mi paso: paz y amor.

CAMINARÉ, BAJO EL AMPARO DE JESÚS.

CAMINARÉ DE LA MANO DEL AMOR

CAMINARÉ, JUNTO, A MI AMIGO, JESÚS.

Caminaré, en el camino del amor.

Amando, la vida, como Jesús.

Caminaré, en la presencia del amor.

Imitando, a mi paso: a mi amigo Jesús.

CAMINO, DE LA MANO

DE AQUEL QUE OFRECE, SALVACIÓN.

CAMINO, SIN MIEDOS POR LA SENDA DEL AMOR.

MI CAMINO, ES JESÚS.

PORQUE EN ÉL, OBTENGO, PAZ Y AMOR.

MI CAMINO, ES JESÚS.

PORQUE, SÓLO EN ÉL, HAY SALVACIÓN.

4- CAMINO AL PARAISO

Robert MAXIMILIAM

Voy, camino al paraíso

Camino al cielo del amor.

Sin hacer nada por el amor, nada por el amor.

Caminaba, por caminar, en el desierto de mi vida.

Vivía, por vivir, sin exponer mi corazón.

El sol me daba igual, la lluvia caía sin parar,

Moría en mi soledad. Reía, sin ser feliz.

Lloraba al despertar, no tenía paz, en mi interior.

Cuando, de pronto, llegó el amor;

Llegó, el verdadero amor.

Iluminó, mi caminar, me ofreció una ilusión.

Y, todo, cambió; cambió, para bien.

Y ahora, camino en libertad tengo paz al caminar

Soy feliz, me siento bien. Todo, gracias, al amor.

Hoy sé que el amor existe;

Que el amor es real;

Que el amor es verdad.

Y mi verdad, fue: encontrar, el verdadero amor.

El amor en Dios.

5- COMÚN-UNIÓN POR AMOR

Robert MAXIMILIAM

Como un cordero, ofrecido por amor

Para salvarnos;

Como el maná ofrecido en alimento

De nuestro espíritu;

Como un oasis, en el desierto,

De nuestro corazón.

¡Así es, Jesús!

Es, común unión, por amor, para amarnos.

¡Así es, Jesús!

Es, común unión, por amor, para darnos vida plena.

¡JESÚS, ES! ES, EL PAN DE VIDA.

QUE NOS DA, LA VIDA ETERNA.

¡JESÚS, ES! ES, EL VINO SANTO.

ES, LA ALIANZA DEL AMOR.

¡JESÚS, ES! COMÚN UNIÓN.

POR AMOR… SÓLO, POR AMOR.

Como, verbo en la historia de nuestra vida.

Como, luz en la oscuridad en el camino.

Como, sal enriqueciendo nuestro vino.

Como, agua en el desierto dando vida.

6- EL MOMENTO MÁS ESPERADO

Robert MAXIMILIAM

Éste es, el momento, más esperado.

Es la ocasión de ser, comunión.

Éste es, el momento de estar a tu lado

La oportunidad de ser unidad.

Un solo, Cuerpo; una, sola Sangre.

Un, solo, pueblo; unido, en el amor.

¡ES, EL MEMORIAL!

DE TU MUERTE Y RESURRECCIÓN.

¡ES, EL UMBRAL!

PARA NUESTRA SALVACIÓN.

AHÍ, EN EL ALTAR, TE ENCUENTRAS **JESÚS**

¡EN CUERPO Y SANGRE!

EN VIDA Y LIBERACIÓN.

AHÍ, EN EL ALTAR, ESTÁS TÚ **JESÚS**.

UNGIDO DE AMOR, CORDERO DE DIOS.

Éste es, el momento, más esperado.

Este, el culmen del amor.

Éste, es el momento de unirnos, firmemente.

Es, la ocasión de ser, un solo, corazón.

7- EL VIVE EN MÍ

Robert MAXIMILIAM

Por las mañanas, al despertar. Él, vive en **mí**.

Durante el **día**, al caminar. Él, vive en **mí**.

Y por las **noches**, en mi soñar. Él, vive en **mí**.

Cuando, el silencio, se vuelve, mi mundo. Él, vive en **mí**.

Cuando, las **horas** se comen mi tiempo. Él, vive en **mí**.

Cuando, la soledad me invita a llorar. Él, vive en **mí.**

YO, LE PERTENEZCO, DE PIES A CABEZA;

EN ALMA Y CUERPO… CON TODO MI SER.

ÉL ES MI SUSTENTO, MI MANÁ DEL SILENCIO,

MI LOCURA DIVINA… MI GRAN ILUSIÓN.

Mientras, me divierto con mis amigos. Él, vive en **mí**.

Mientras, mi mundo son mis amistades. Él, vive en **mí**.

Mientras, la *vi*da me ofrece las uvas. Él, vive en mí.

Cuando, la tarde, me dice: ¡Dios guarde! Él, vive en mí.

Cuando, en mi arde, la Roma del tiempo. Él, vive en mí.

Cuando mi paz, me dice: ¡Quizás! Él, vive en mí.

YO, LE PERTENEZCO, CON UÑAS Y DIENTES;

ES; MI ALFA Y OMEGA… MI PRINCIPIO Y FINAL.

ÉL ES: MI CAMINO, VERDAD Y DESTINO;

MI FARO Y ESTRELLA… MI ÚNICO DIOS.

8- EN NAVIDAD, NACIÓ: JESÚS

Robert MAXIMILIAM

Nació en Belén. Nació de María

La promesa del amor, El Salvador del mundo.

Nació en Belén. Nació, en su día.

El verbo, hecho, amor; la expresión de Dios.

Y en Navidad. El mundo celebra

El amor en Jesús.

Y en Navidad. Celebramos, el amor…

De Dios, hecho, hombre.

Y EN NAVIDAD, NACIÓ: EL AMOR.

NACIÓ, JESÚS. HAY QUE CELEBRAR…

Y EN NAVIDAD, NACIÓ: JESÚS.

EL VERBO, AMOR; ¡HAY QUE CELEBRAR!

¡FELIZ NAVIDAD! ¡FELIZ NAVIDAD!

NACIÓ, JESÚS. ¡HAY QUE CELEBRAR!

OFREZCAMOS, AMOR.

OFREZCAMOS, LA PAZ

A NUESTRO ALREDEDOR…

PORQUE JESÚS ES: AMOR.

9- EN TU PRESENCIA

Robert MAXIMILIAM

En tu presencia, Señor. En tu presencia

En tu presencia, Señor.

Mi alma, en ti se alimenta.

En tu presencia, Señor.

Mi vida, en ti vive eterna.

En tu presencia, Señor.

Me encuentro en el amor.

ALABARÉ, TÚ NOMBRE, A LO ALTO DEL CIELO.

ME INCLINARÉ, HUMILDE, POR SER TÚ, SAGRADO

OFRECERÉ, MIS MIEDOS.

MI ALMA, MI VIDA Y MI CORAZÓN

ME OFRECERÉ, COMO OFRENDA DEL AMOR.

EN TU PRESENCIA.

En tu presencia, Señor. En tu presencia.

En tu presencia, Señor.

Mi espíritu, se inunda de paz.

Mi corazón, se goza… En tu presencia.

10- ES NAVIDAD

Robert MAXIMILIAM

En Navidad, es tiempo de amar,

Es tiempo de dar: paz y amistad.

Es Navidad, es tiempo de fe,

Es tiempo de paz para la humanidad.

EN NAVIDAD…

NACIÓ, JESÚS; NACIÓ EL AMOR.

NACIÓ, EL PERDÓN; SE DIO, LA LUZ.

Y los hombres de buena voluntad,

Acogieron, al verbo, hecho, amor.

Y los hombres que, alaban al Señor,

Aceptan, con gozo a Jesús… en su corazón.

Es Navidad, Jesús vuelve a nacer.

¡Hombres de paz! Que triunfe, la amistad.

¡Hombres de amor! Hagamos, unidad…

En nombre de Jesús.

Es Navidad, Jesús vuelve a nacer.

¡Hombres de fe! Luchemos por amor.

¡Hombres de Dios! Que brille el amor…

En nombre de Jesús.

11- ES POR TI Y ES, POR AMOR

Robert MAXIMILIAM

¡RECÍBELO! ES, PARA TI; Y ES, POR AMOR.

Éste es mi Cuerpo, dado en comunión.

Ésta es mi Sangre, es liberación.

Éste es mi Cuerpo, tómalo en comunión.

Ésta es mi Sangre, será liberación.

Soy: Pan de Vida. Soy: Luz y Salvación.

Soy: Palabra y Verbo. Soy: Resurrección.

¡RECÍBELO! ES, PARA TI; Y ES, POR AMOR.

Yo, he venido por ti. Por ti que, buscas una luz.

Yo, he venido por ti. Por ti que, sufres desamor.

Yo, he venido por ti. Por ti que, callas un dolor.

¡RECÍBELO! ES, PARA TI; Y ES, POR AMOR.

Yo, he venido por ti. Por ti que, buscas amor.

Yo, he venido por ti. Por ti que, clamas perdón.

Yo, he venido por ti. Por ti que, esperas compasión.

¡RECÍBELO! ES, PARA TI; Y ES, POR AMOR.

Yo, estoy aquí, en la hostia; soy, comunión.

Yo, estoy aquí, en el cáliz; soy, liberación.

Yo, estoy aquí, ofreciéndote, paz interior.

Yo, estoy aquí, para encender, tu corazón…SÓLO, POR AMOR.

12- MARÍA, QUIERO, SER COMO, TÚ.

Robert MAXIMILIAM

¡María! Madre de Dios.

¡María! Madre del amor.

Escucha, el canto de tu hijo

Que, busca, tu protección.

Escucha, el ruego de tu hijo

Que, busca, tu bendición.

¡María! Muéstrame, el camino a Jesús.

Madre, quiero, imitarte para seguir a Jesús, cómo tú.

¡María! Enséñame a ser, cómo tú.

Solidaria en el amor, fuerte en la decisión.

Humilde de corazón, amparada en la oración.

¡Quiero ser, cómo tú!

¡Cómo tú!… Que se entrega por amor.

¡Cómo tú!… Paciente en la adversidad.

¡Cómo tú!… Abnegada por amor.

¡Cómo tú!… Obediente al Señor.

María, llévame, al Padre a través del Hijo.

María, llévame por la senda de Jesús.

María, muéstrame, como se ama a tu hijo, Jesús.

¡Quiero ser, cómo tú! María ¡Cómo tú!

13- DULCE COMUNIÓN

Robert MAXIMILIAM

Tú eres, mi dulce, comunión, el beso del amor.

La verdad que, me hace amar, la bendición de Dios.

Tú eres, mi dulce, comunión, mi encuentro interior.

Mi fe, puesta en el amor, el regalo de Dios

JESÚS, PAN DE VIDA: CAMINO Y SALVACIÓN.

JESÚS, VINO SANTO. ALIANZA DEL AMOR.

JESÚS, MI DULCE, COMUNIÓN.

COMUNIÓN, EN EL AMOR.

COMUNIÓN, EN EL PERDÓN.

COMUNIÓN, EN LA RESURRECCIÓN.

JESÚS, MI DULCE, COMUNIÓN.

COMUNIÓN, EN LA VERDAD

JESÚS, MI DULCE, COMUNIÓN.

COMUNIÓN, EN LA SOLIDARIDAD.

JESÚS, MI DULCE, COMUNIÓN.

COMUNIÓN, EN LA PIEDAD

JESÚS, MI DULCE, COMUNIÓN.

COMUNIÓN, LA HUMANIDAD.

JESÚS, MI DULCE. COMUNIÓN.

COMUNIÓN, EN LA JUSTICIA Y LA PAZ

14- MI OASIS

Robert MAXIMILIAM

Tú eres, mi oasis.

En el desierto de mi vida.

Tú eres, mi oasis.

En la soledad de mi existir.

Sin ti, me siento perdido.

Agobiado y aturdido.

Sin ti, me siento, fallido,

Sediento y necesitado.

Tengo sed de ti, señor Jesús

Tengo, hambre de ti, señor Jesús.

Te necesito… en mí existir.

Tengo fe en ti, señor Jesús.

Dame, de beber.

Tengo fe en ti, señor Jesús.

Dame, de comer.

Necesito… de tu amor.

15- NAVIDAD DE PAZ Y AMOR

Robert MAXIMILIAM

¡NAVIDAD, NAVIDAD, NAVIDAD!

En Belén, ha nacido, el Dios del amor.

En Belén, nuestra historia, cambió por amor.

En Belén, ha nacido, el Hijo de Dios.

Celebremos entre hermanos el amor.

Recordemos nuestra historia con amor

Construyamos, el futuro en el amor.

¡QUE, LA NAVIDAD!

SEA, SIGNO: DE PAZ Y AMOR.

SEA, TIEMPO DE RECONCILIACIÓN.

SEA, ALABANZA, PARA EL DIOS DEL AMOR.

¡NAVIDAD, NAVIDAD, NAVIDAD!

En diciembre, celebramos, la Navidad.

En mi casa, hoy celebramos, la Navidad.

En mi alma, ha nacido, el Hijo de Dios.

¡QUE, LA NAVIDAD!

SEAMOS, VERBOS, DEL AMOR.

OFREZCAMOS, UN REFUGIO DE PAZ.

COMULGUEMOS, CON EL DIOS DEL AMOR.

16- NECESITANDO TU AMOR

Robert MAXIMILIAM

Mira, ¡cómo, va éste, mundo!

Va destruyéndose, poco a poco, sin amor.

Mira, ¡cómo, va ésta, gente!

Va sin principios ni nada que respetar.

Mira, ¡cómo, va, mi vida, patas arriba!

Ni pa' adelante; ni pa' atrás.

¡ÉSTE, MUNDO! TIENE HAMBRE DE AMOR.

¡ÉSTA, GENTE! NECESITA CREER.

Y YO, MÁS QUE NADIE, NECESITO TU AMOR.

Y YO, MÁS QUE NADIE, NECESITO CREER.

SEÑOR, ¡OH! SEÑOR, MI SEÑOR.

NECESITO, TU AMOR.

Mira, ¡cómo, va éste, mundo!

Va caminando, como ciego sin dirección.

Mira, ¡cómo, va ésta, gente!

Va destruyendo, tu creación.

Mira, ¡cómo, va, mi vida!

Va, arrastrándose, mendigando el amor.

17- ORANDO POR AMOR

Robert MAXIMILIAM

¡Hoy, quiero orar por ti!

Por ti que, vives en soledad.

¡Hoy, quiero orar por ti!

Por ti que, vives en la esclavitud.

¡Oh Señor, mi Señor! Concédeme, la gracia del amor

¡Tú, hijo! Necesita amor.

¡Oh Señor, mi Señor! Concédeme, la gracia del amor

¡Tú, hijo! Necesita libertad.

¡Hoy, quiero orar por ti!

Por ti que, vives en el dolor.

¡Hoy, quiero orar por ti!

Por ti que, estás en desesperación.

¡Oh Señor, mi Señor! Concédeme, la gracia del amor

¡Tú, hijo! Necesita compasión.

¡Oh Señor, mi Señor! Concédeme, la gracia del amor

¡Tú, hijo! Necesita una ilusión.

POR MI FE, EN CRISTO JESÚS

QUE TU ESPÍRITU, SE VUELVA, REALIDAD.

POR MI FE, EN CRISTO JESÚS

QUE TU ESPÍRITU, SE VUELVA BENDICIÓN.

PERO QUE TODO, SE HAGA, SEGÚN, TU VOLUNTAD.

18- ORANDO POR TI

Robert MAXIMILIAM

Extiendo mis manos,

Hacía, mi hermano que necesita amor.

Extiendo mis manos, hacía mi hermano

Que, está pidiendo amor.

PADRE, GRANDE, PADRE, HERMOSO

PADRE, ETERNO, PADRE, BUENO.

¡ESCUCHA! ÉSTA, PLEGARIA DE AMOR

¡ESCUCHA! ÉSTE, GRITO DE PIEDAD.

PIEDAD, POR EL QUE LLORA

PIEDAD, POR EL QUE PENA

MISERICORDIA, SEÑOR.

PADRE, GRANDE, PADRE, HERMOSO

PADRE, ETERNO, PADRE, BUENO.

¡ESCUCHA! ÉSTA, PLEGARIA DE AMOR

¡ESCUCHA! ÉSTE, GRITO DE SOLEDAD.

SOLEDAD DEL QUE MUERE.

SOLEDAD DE AQUEL, SIN FE.

MISERICORDIA, SEÑOR.

19- RESUCITÓ JESÚS

Robert MAXIMILIAM

Resucitó para darnos la vida **eterna**.

Resucitó para darnos la salvación.

Resucitó para darnos un**a** vida, buena.

Resucitó para darnos resurrección.

¡RESUCITÓ JESÚS! En **la** comu**nión**.

¡RESUCITÓ JESÚS! En la solidaridad.

¡RESUCITÓ JESÚS! Y está **aquí**.

¡RESUCITÓ JESÚS! En el corazón.

Resucitó para darnos felicidad.

Resucitó para darnos una razón.

Resucitó para darnos libertad.

Resucitó para darnos una ilusión.

¡RESUCITÓ JESÚS! En el hermano.

¡RESUCITÓ JESÚS! En la esperanza.

¡RESUCITÓ JESÚS! En el llamado.

¡RESUCITÓ JESÚS! En el que ama.

20- SOLIDARIDAD

Robert MAXIMILIAM

SOLIDARIDAD, SOLIDARIDAD, SOLI-DARI-DAD

Solidaridad con aquel…

¡Qué, pide pan!

¡Qué se queja y no le dan!

¡Qué ha perdido, su dignidad!

Solidaridad con aquel…

¡Qué está preso en el desván!

¡Sin futuro en el andar!

¡Qué, se muere en soledad!

Solidaridad por aquel…

¡Qué, pide paz! ¡Qué, busca la paz! ¡Qué, quiere paz!

Solidaridad por aquel…

¡Qué, siembra amor! ¡Qué, ofrece amor! ¡Qué, es amor!

¡Pido! ¡Solidaridad!…Por la gente…

¡Qué no tiene paz! ¡Qué muere, sin amor! ¡Qué espera amor!

21- SÓLO, PUEDO DECIR: ¡GRACIAS!

Robert MAXIMILIAM

Todo lo que tengo que decir, es: ¡**Grac**ias!

Todo lo que debo yo, de**cir,** es: ¡**Grac**ias!

SEÑOR.

¡GRACIAS, SEÑOR! Por la vida que me das y, un poco más.

¡GRACIAS, SEÑOR! Por el tiempo y su mirar, sin avisar.

¡GRACIAS, SEÑOR! Por mi respirar, llenándome de caridad.

¡GRACIAS, SEÑOR! Porque puedo ver tus maravillas.

¡GRACIAS, SEÑOR! Porque puedo sentir, tu día a día.

¡GRACIAS, SEÑOR! Porque puedo ser, expresión de alegría.

¡GRACIAS, SEÑOR! Porque puedo amar, sin condición.

¡GRACIAS, SEÑOR! Porque puedo ser: ¡cómo, soy!

¡GRACIAS, SEÑOR! Porque tengo fe, en tu amor.

22- «TU ERES MI GOZO»

Robert MAXIMILIAM

Mi alma, siente ¡qué te ama!

(Yo, te amo, Señor)

Mi alma, siente ¡qué te extraña!

(Yo, te extraño, Señor)

Y mi corazón…Se llena de gozo.

Y mi corazón… Se inunda de ilusión.

¡TÚ ERES MI GOZO, SEÑOR!

¡TÚ ERES MI VIDA, SEÑOR!

¡EN TI! YO, PONGO MI VIVIR!

¡HAZ, LO QUÉ TÚ, QUIERAS DE MÍ!

Mi alma, siente ¡qué te llama!

(Yo, te llamo, Señor)

Mi alma, siente ¡que te clama!

(Yo, te clamo, Señor)

Y mi corazón…Se llena de gozo.

Y mi corazón… Se inunda de ilusión.

23- TU PROMESA DE AMOR

Robert MAXIMILIAM

Hiciste una promesa de amor,

Una promesa eterna.

Dijiste que, enviarías,

Al Espíritu de Santo.

Para acompañarnos,

En el camino de la salvación.

EN MI BAUTISMO, LO HE RECIBIDO.

EN MI CONFIRMACIÓN, ¡HOY, TE LO PIDO!

Has realidad, tu promesa de amor.

Envíame, **al** Espíritu Santo.

Espíritu de Dios. ¡Ven a mí!

Ll**é**name de amor.

Espíritu de amor. ¡Ven a mí!

Cont**á**giame, con tu pasión.

Ha**z**me, verdad, en tu promesa de amor.

Quiero, sentir, al Espíritu Santo.

Espíritu de Dios. ¡Báñame!

Sedúceme, el corazón

Espíritu de vida. ¡Abrázame!

Conc**é**deme, tu bendición.

24- «UN CANTO POR LA PAZ»

Robert MAXIMILIAM

¡Escucha! Cómo el mundo, pide paz. (Quiero paz)

¡Escucha! Cómo la gente, pide paz. (Queremos paz)

¡Escucha, bien! Tu corazón, está pidiendo paz.

¡Escucha! La nobleza pide paz. (Queremos paz)

¡Escucha! La naturaleza pide paz. (Quiero paz)

¡Escucha, bien! Al silencio, está exigiendo paz.

HOY, MI CANTO PIDE PAZ. HOY, MI ALMA PIDE PAZ.

HOY, MI CORAZÓN, EXIGE PAZ, (SÓLO PAZ)

HOY, YO CANTO ES POR LA PAZ.

HOY, MI CANTO EXIGE LA PAZ.

QUIERO PAZ, EN EL MUNDO.

QUIERO PAZ, EN LA TIERRA.

PIDO PAZ… PARA LA HUMANIDAD.

QUIERO PAZ, EN LA GENTE.

QUIERO PAZ, EN LOS PUEBLOS.

PIDO PAZ… EN EL CORAZÓN.

¡Escucha! Los niños quieren paz. (Queremos paz)

¡Escucha! Los pobres exigen paz. (Pedimos paz)

¡Escucha, bien! Muchas voces, están pidiendo paz.

UNÁMONOS POR LA PAZ. (PAZ EN EL MUNDO)

UNÁMONOS POR LA PAZ. (PAZ EN LA TIERRA)

SEAMOS PAZ, PAZ EN LA HUMANIDAD.

PAZ EN EL MUNDO, PAZ SIN FRONTERAS

PAZ EN EL CORAZÓN.

25- UN VERSO PARA MARIA

Robert MAXIMILIAM

Mujer,

Si tú puedes hablar con Dios.

Pregúntale: sí, alguna vez,

¿Te he dejado de amar?

Mujer,

Tú que estás, cerquita, de Dios.

Pregúntale: sí, alguna vez,

¿Mi corazón, te falló?

MI ALMA,

SE ALEGRA EN TU PRESENCIA.

MI CORAZÓN,

SE INUNDA DE TU AMOR.

MARÍA, MADRE MÍA.

MI VERSO, ES PARA TI.

MARÍA, MADRE MÍA.

MI CANTO, ES POR AMOR.

26- «VAMOS A ESCUCHAR AL SEÑOR»

Robert MAXIMILIAM

¡Levántate, levántate!

Vamos, a escuchar al Señor.

¡Levántate, levántate!

Jesús nos quiere hablar.

ABRE, TU CORAZÓN

Y PIDE, AL ESPÍRITU SANTO

QUE, TE OFREZCA EL DON DE ENTENDER,

SU MENSAJE DE AMOR.

ALABA, A DIOS Y SU BENDICIÓN.

CANTAR ALELUYAS DE AMOR.

ALABA, A DIOS Y ACEPTA, SU VOLUNTAD.

SÓLO, EN ÉL. HAY, SALVACIÓN.

¡Levántate, levántate!

Mira, con fe hacia el altar.

¡Levántate, levántate!

Y ponte, a alabar a Jesús.

27- YO HE VENIDO POR TI

Robert MAXIMILIAM

¡Venid a mí! Dice: El Señor.

¡Venid a mí! Sí, estás sufriendo.

¡Venid a mí! Dice: El Señor.

¡Venid a mí! Sí, estás llorando.

¡Venid a mí! Dice: El Señor.

¡Venid a mí! Sí, te sientes, rechazado.

¡Venid a mí! Dice: El Señor.

¡Venid a mí! Sí, te sientes, humillado.

¡YO, HE VENIDO, POR TI!

POR TI QUE TE ENCUENTRAS, SOLO.

¡YO, HE VENIDO, POR TI!

POR TI QUE ESTÁS, ABANDONADO.

YO TE OFREZCO, MI CUERPO.

HAZLO TUYO EN LA COMUNIÓN.

YO TE OFREZCO, MI SANGRE.

HAGAMOS JUNTOS TU LIBERACIÓN.

YO SOY EL MANÁ, YO SOY LA LUZ;

SOY EL CORDERO INMOLADO POR AMOR.

YO SOY EL PAN, YO SOY EL VINO

SOY, EL CAMINO, A LA VIDA ETERNA.

¡QUIÉN, VIENE, A MÍ!

NUNCA, ESTARÁ PERDIDO.

PORQUE, YO SOY, LA LUZ.

¡QUIEN ME RECIBE!

RECIBE, AL PADRE; Y ÉL, LO RECIBIRÁ... CON AMOR.

¡Venid a mí! Dice: El Señor.

¡Venid a mí! Sí, estás, muriendo.

¡Venid a mí! Dice: El Señor.

¡Venid a mí!, Sí, estás, enfermo.

¡Venid a mí! Dice: El Señor.

¡Venid a mí! Sí, estás, abandonado.

¡Venid a mí! Dice: El Señor.

¡Venid a mí! Sí, estás, desconsolado.

Robert Maximiliam

Salvadoreño de nacimiento y escritor por vocación. Desde muy joven, tuvo en sus manos y en sus sueños, la palabra como compañera de cuna. Fue inspirado por el romanticismo de su abuelo materno y, comenzó a bañarse en la narrativa oral. Su padre fue el motor que le dirigió por la dedicación, el esfuerzo y la lírica del verbo. La palabra se hizo verso, el verso, melodía; la melodía alas blancas y con ellas, se lanzó al vacío de su poesía. La narrativa romántica se volvió parte de su vida diaria y comenzó a soñar en poder ser expresión de un ¡puede ser! Nació, como había vivido: libre en su palabra y en su contenido.

RECONOCIMIENTO ESPECIAL

A mi esposa: **Karla Carranza**

Por ser la inspiración de mis poemas más íntimos.

A mi amigo, **Jesús**.

Porque en Él, he puesto mi fe.

OTROS POEMARIOS

EN EL SILENCIO

UN BRINDIS POR AMOR

ENTRE MUSAS Y BURBUJAS

I LOVE MONTREAL

VOCES DE UN PUEBLO TRISTE

MAL DE AMORES

A MI AMIGO DE SIEMPRE

A TRAVÉS DEL CRISTAL DE MIS OJOS

www.ingramcontent.com/pod-product-compliance
Lightning Source LLC
Chambersburg PA
CBHW030619130626
46552CB00002B/637